怪談5分間の恐怖

中村まさみ

立入禁止

親による子殺し、子による親殺し、無差別殺人、親や身内による虐待死《ぎゃくたいし》……。
なぜ、人の世はここまですさんでしまったのでしょう。
人の心にひそむ闇《やみ》が、日を追うごとに深くなり、
それまではあたりまえであったはずの感情を無にしてしまう。
そんな闇《やみ》におかされそうな世の中に、一筋《ひとすじ》の光が届《とど》いたなら……。
自らの存在《そんざい》こそが奇跡《きせき》であり、それは〝いまを生きたかった〟人々の上に存在《そんざい》する。
怪談《かいだん》というツールを用いて、
ほんの一瞬《いっしゅん》でも命の尊厳《そんげん》・重さ・大切さを感じてもらえたなら……。
そんなことを思いながら、
これからわたしが体験した〝実話怪談《かいだん》〟をお話ししましょう。

怪談師《かいだんし》　中村まさみ

もくじ

かね

チキチンチン　チキチンチン……。

その日は朝から、かねの音が聞こえていた。

小皿のような形をした金属を、木製のばちで小気味よくたたく、祭りにはかかせない鳴り物〝かね〟。

耳鳴りのように、あのかねの音が、ときに大きく、ときにか弱くひびいている。それがどこから聞こえるのか、なぜ聞こえるのか、わたしはまったく見当がつかずにいた。

その日は午後から所用があり、わたしは車で東京の台東区へむかった。

界隈《かいわい》は、いつ来ても観光客と外国人であふれている。

ある寺のまえを通りかかったときだった。

朝からわたしの耳に聞こえていた、あのかねの音がいっそう大きくなった。

いやちがう……。

そのかねの音に、わたしは集中した。

それまで聞こえていた音は、あくまで〝幻聴《げんちょう》〟のようなもので、現実に鳴っているものではなかった。

ところがそれがいまは、あきらかに雑踏《ざっとう》に交ざって、わたしの耳に届《とど》いてくる。

チンチキチッチキチキチキチッチキ
チンチキチッチキチキチキチッチキ
チンチキチッチキチキチキチッチキ
チンチキチッチキチキチキチッチキ

思わず音のする方に視線《しせん》をやった。

そこには古い山門のような入り口があり、門の両側には、御柱《みはしら》が凜《りん》として立っている。おそらく流れいく時代をずっとここで見すえ、じっと行きかう人々を見てきたのだろう。柱には幾《いく》重《え》もの年輪がみてとれた。

その片方《かたほう》、むかって左側の柱のつけ根付近に、なにかいる。
わたしが目をやった瞬間《しゅんかん》、それは、ひょいとそのむこうにかくれたようだった。
気になり出すと止まらない。
わたしはおそるおそるそれへ近づき、静かに柱のむこう側をのぞき見た。
身の丈《たけ》60センチほどのふたり連れ。
姿勢《しせい》のよいサルのようないでたち。
そこは浅草の庚申塔《こうしんとう》だった。
庚申《こうしん》は干支《えと》の組み合わせで57番目にあたる、〝かのえさる〟のことだ。

小さなふたりは、手にかねを持ち、実に上手に鳴らしながら、行きかう人の足にけられることなく、おくへおくへと歩いて消えていった。

立入禁止

友人の岩倉が、中学一年のときに体験した話だという。

夏休みのある日、岩倉は仲のいい友人ふたりと、つりに出かけた。

ブラックバスのルアーフィッシングが、ちょうどはやりだしたころだ。

ルアーというのは疑似餌《ぎじえ》のことで、色あざやかな羽根がついていたり、こった形をしていたりと、実にさまざまな趣向《しゅこう》がこらされている。

むかった先は、自宅《じたく》から数キロはなれたある湖。

本来は立入禁止の場所だが、中学生の少年たちにとって、それは当時、あまり意味をなさない決めごとだった。

三人はリュックを背負《せお》い、手にはつりざおというスタイルで、近所のバス停に集合した。まだ見ぬ今日の釣果《ちょうか》に期待をふくらませた少年たちは、すでにかなりのハイテンション。道具の話や魚のサイズ、それを食べるかどうかなどという話でもりあがっている。

バス停に、エンジンをうならせバスが入ってきた。扉《とびら》が開くと、路線バス特有の車内のにおいが、少年たちの心をいっそうかきたてる。

少年たち以外には乗客は乗っておらず貸切状態。

三人は大好きな最後列の横並《よこなら》びシートに陣《じん》どると、背中《せなか》のリュックを床《ゆか》におろし、中からルアーを取りだして自慢《じまん》大会を始めた。

つりというのは、こういう時間もふくめて楽しむものだ。

バスにゆられていると、景色は街中から、やがて山の風景へと変わっていく。いくつものカーブが続く山道を、バスは進んでいった。

しばらく行くと、バスのフロントガラスごしに、その場所が見えてきた。

広げたものをリュックにかたづけ、三人はバスが停車するのを待つ。

停留所に降《お》り立った三人は、バスが走りさったあとも、しばらくの間、その景色に魅了《みりょう》されていた。

やさしく少年たちをむかえる朝日の中にとけこむ木々に、小鳥たちのさえずり。

すずしくひんやりとそよぐ風。そして目のまえに広がる広大なダム湖。

そこから見えるそれは、一面、緑色でまるで大きな鏡をはめこんであるようだった。

三人は、道沿《ぞ》いの見通しのいいところをさけ、湖畔《こはん》側に位置する、木の生《お》いしげった側道へと歩いていった。

湖周辺には、背《せ》の高いフェンスが張られていて、三人のいる側と湖とをへだてている。

「よーし、この辺から入ろうよ！」

「ばかっ！　声がでかいよ！」

そう、ここは〝立入禁止〟なのだ。

ひとりがまず荷物を降《お》ろし、高いフェンスをよじのぼった。

フェンスのむこうは、足首までかくれてしまうほど、かれ葉が幾重《いくえ》にも重なっている。

岩倉がみんなの荷物をあつめ、先鋒《せんぽう》に立った友人に投げわたそうとしたときだった。

「おい待て！　静かに！」

先鋒《せんぽう》がフェンスのむこうから、岩倉に顔を近づけて、小声でいった。

全員、身をすくめる。

フェンスのむこうから、友人が続けていった。

「だれかいる。いいか、ふりむくなよ。おまえらのうしろの森の中にいるんだ……。見回りかもしれないな。動くなよ、いいか、絶対動くなよ」

三人とも息を殺し、その場にしゃがみこむ。

「あれ？　なんだあれ？」

フェンスごしに友人が、岩倉たちの背後《はいご》を見ながら、いぶかしげにいった。

「な、なんだろ、あの人、その場でくるくる回ってるんだけど……。なにか、探《さが》してるみたいだ」

岩倉は、ふりむいて見たい衝動《しょうどう》にかられたが、ここはじっとしている方がいいと判断し、そのまま動かずにいた。

「まだ、回ってるよ。なんか……気持ち悪いな。おれがいいっていうまで、そのまま……あれ？　いない……いなくなってら。よし！　いまのうちだ！」

岩倉はそれを合図に、持っていた荷物をフェンスのむこう側に投げいれた。

手まえ側に残っていた岩倉たちは、あせりながらも慎重《しんちょう》にフェンスをよじのぼった。

「いやぁ、しょっぱなから危《あぶ》なかったな」

三人は、そういって笑いあった。


投げた荷物をふたたびそれぞれ装備《そうび》して、湖のほとりの方へと歩いていく。

すると急に目のまえが開け、湖面が広がった。

三人は好きな場所に散っていくと、ほぼ等間隔《とうかんかく》でそれぞれつり場を確保した。

それは、大声で話せばようやく聞こえるくらいの距離《きょり》で、しかも水際《みずぎわ》が曲がりくねっているため、ひとりは姿《すがた》が見えなくなっている。

つりざおをふってルアーを飛ばすキャスティングのシュッという音だけが、静かな空気を切りさく。

しかし、その日は魚の反応がなく、じょじょに気温も上がりはじめ、体力だけがいたずらにうばわれていった。


どれくらい時間がたっただろうか。

岩倉の位置からは見えなかった友人のひとりが、近づいてきたので、岩倉がたずねた。

「どう？　あたりある？」

「いや、全然だめだね。そっちは？」

「う〜ん、よくわかんないんだけどさ、なんかこう、あたってくる感じはあるんだよね」

「えーなんだよ、早くいえよ。なら、おれもそっちいくわ！」

もうひとりに、「移動するから！」と手ぶりで合図すると、先ほどの友人が荷物をまとめて岩倉のとなりに移動してきた。


シュッ！

シュッ！

ふたりでキャスティングする。

そのとたん、ぐぐっと岩倉のさおにあたりがきた。

岩倉は、すかさずさおをしゃくり、魚の動きに合わせた。魚の体力が低下するのを待つ。

さおに重みが乗り、完全に魚がかかった感触《かんしょく》が、さおを通して伝わってきた。

「よっしゃ！　ヒット！　これでかいよ！」

糸を一気に巻《ま》きたいところだが、切れてしまいそうなほどの重みを感じる。しばらく膠着状《こうちゃく》態が続いた。

「あいつも呼《よ》んでくるわ！」

いっしょにいた友人が、はなれている友人の元へとかけていく。

ひとりその場に残った岩倉が格闘《かくとう》していると、少しずつではあるが、リールを巻《ま》けるようになってきた。

「弱ってきたか？　よーし、よしよし。ゆっくり、ゆっくり……」

自分にそういいきかせながら、岩倉は慎重《しんちょう》に糸をたぐりよせる。

もう、ほんの数メートル……というところで、水面からなにかが顔をのぞかせた。

ゆっくりと、まるで水面にねばり気でもあるかのように、〝そいつ〟は現れた。

岩倉の糸の先を手に持ち、真っ黒い坊主頭《ぼうずあたま》の男の胸《むね》から上だけが、ずぼっと現れたのだ。その男は怒《いか》りに満ちた表情をしていた。

「うわあぁぁぁぁっ!!」

岩倉はそうさけぶと、持っていたさおをその場に投げすて、しりもちをついた。

「お、おい、どうしたっ！　だいじょうぶか！」

友人たちがかけよってくる。

「あ、あれあれ！　あれ見ろよっ！」

腰《こし》がぬけた岩倉が指さす方向に、友人ふたりが目をむける。

糸がからみついた、大きな木がうかんでいる。

「なんだよ、ただの木じゃねーかよ！」

友人たちは大笑いしている。

「えっ、木？　いや、ちがうって！」

そういったものの、岩倉の目のまえには、黒っぽい木がういているだけ。

（なにか見まちがったのか……？　いや、そんなはずない！　あんなものと浮木《ふぼく》を見まちがうはずなんかない！）

岩倉は、そう心のなかで自問自答してみたが、木がういている以外に変わったようすはなにもなかった。


少し冷静さがもどってくると、岩倉は、たぐりよせることができなくなった糸を切った。

岩倉のやる気は一気に消えうせ、それからは友人ふたりのつりを見学していた。

「ここはやっぱり、しずんだ木が多いなあ」

そう話しながら、ふたりは、なんどかキャスティングするものの、あたりはまったくなく水面は静まりかえっていた。

「そろそろ帰らないか？」

すでに三人とも期待は失望に変わっている。

道具をしまうと、三人は歩いてきた道を引きかえした。

湖を囲むフェンスをふたたび乗りこえ、数時間まえには喜び勇んで降《お》りたった、バス停へとむかった。

とぼとぼと歩いていると、道が開ける手まえの道ばたに、なにか色あざやかなものが落ちている。

話しながら歩いているふたりのそばで、岩倉だけが、その落ちているものを見つめていた。

やけに気になる存在《そんざい》だった。

「えっ、うそだろ!?　ええぇ、うそだろ!!」

思わず声に出ていた。

「なんだよ？　どうした？」

岩倉の声におどろき、ふたりが問いかけてくる。

岩倉はそれを無視《むし》して、その落ちている物目がけてかけよった。

「まじかよ……なんで？」

ルアーがひとつ落ちていた。

かけよってきた友人たちもそれを確認《かくにん》すると、三人同時に絶句した。

三人の視線《しせん》が注がれているもの、それは、さきほど岩倉が糸を切ってしまい、回収《かいしゅう》をあきらめたルアーだったのだ。

「なんだよこれ？　どういうことよ？」

いいながら、岩倉はそのルアーを、そっとその場所に置いた。

「ん、持って帰らないの？」

「うん、なんか気持ちわりーよ。だから置いていくわ」

木にからまって、泣く泣く切った糸の先についていた、お気に入りのルアー。

それがこれほどはなれた道ばたに、ぽつんと落ちている……。

そんなものを持ち帰ることは、とうていできなかった。

そこからバスを待つ間、三人はそれぞれになにか考えているようだったが、だれひとりとして、口を開く者はなかった。

ようやくバスの姿《すがた》が見えた。

来るときとは打ってかわり、全員、力なくバスに乗りこむ。

車内でも会話はなく、三人とも、ただただ車体のゆれに身を任せていた。

すると突然《とつぜん》、ひとりが口火を切った。

「まぁ、まぁさ。なんかわかんないけど、またそのうち、ちがう場所に行こうや」

「お、おう、そうだよな！　そうしようぜ。なんならまた、明日も行けるしな。今度はどこ行く？」

岩倉はわざと明るい声で返した。

すると、もうひとりの友人がこう続けた。

「いや～、やっぱり立入禁止の場所はやばいね！　最初もびびったもんなぁ。おまえら見てないだろうけど、あのおっさん、なんか本当に気持ち悪くてさ。なんだったんだろうな……。近くに住んでんのかな、あの真っ黒い坊主頭《ぼうずあたま》のおっさん……」

それを聞いたとたん、岩倉の頭の中が一瞬《いっしゅん》で凍《こお》りついた。

あのとき、岩倉が見た男の姿《すがた》が、友人の話とつながった瞬間《しゅんかん》だった。

真っ黒い坊主頭《ぼうずあたま》の男……。

岩倉たちがそこへ行くことは、二度となかったという。

こだま

子どものころに読んだあるマンガに、〝神社の境内《けいだい》にある古い巨木《きょぼく》に宿る精霊《せいれい》を呼《よ》び出す方法〟が書かれていた。

小学校五年生のころ、夏休みに、わたしはそれを試《ため》したことがある。

当時わたしが住んでいた家のすぐ近所に、それをするのにぴったりな、そこそこの大きさと古さをかねそなえた神社があったからだ。

8〜10キログラムの砂《すな》と、20個程度の小石、それに直径10センチほどの丸い鏡一枚《まい》を持って、わたしは神社へとむかった。

その方法はこうだ。

1　人がいなくなった夕暮《ゆうぐ》れどきの神社へ行く
2　大木の根本にきれいに砂山《すなやま》を築く
※このとき、なるべく人目につかないよう、境内《けいだい》から見て裏側《うらがわ》に砂山《すなやま》を作る
3　砂山《すなやま》の頂上《ちょうじょう》をすぱっと切り、そこに丸い鏡を置く
4　丸い鏡の表面が見えなくなる程度に、うっすらと砂《すな》をかける
5　鏡の周囲に小石を並《なら》べ、一箇所《かしょ》だけすきまをあけておく
6　そのすきまから上り下りできるよう、指で階段《かいだん》をつける
※すべてが整ったらそれにむかって手を合わせ、「木の精様、どうかここに降《お》りてきてください」と念じる
7　すぐにその場を立ちさり、決してうしろをふりかえってはいけない！
8　翌日早朝《よくじつ》、作った砂山《すなやま》を確認《かくにん》しに行くとそこには……

とこんな感じ。

※は、マンガに記されていたわけではなく、わたしがそのときの気分で、オリジナルで加えたものだ。

砂山《すなやま》にむかって念じおえ、境内《けいだい》をあとにしたわたしは、背後《はいご》に猛烈《もうれつ》な気配を感じた。

それは人間の発するような〝気〟ではない。ものすごく繊細《せんさい》ですきとおった気のかたまりとでもいおうか。

わたしは思わずふりかえりたくなった。そのとき……

「ダメだ!!」

わたしの耳に、はっきりとその声は届《とど》いた。

だれの声かもはっきりしなかったが、とにかくわたしは、そのまま家へ帰り、なにごともなかったかのように食事をすませ、テレビを見ていた。

すると、そこへ帰宅《きたく》した父が、開口いちばんこんなことをいいだした。

「んっ……なんだか家の中がくさいぞ。なんだこのにおい？

なんだか銀杏《ぎんなん》みたいなにおいだな。季節はずれだが輸入物でも買ってきたのか？」

そのときは、父がいった〝銀杏《ぎんなん》みたいなにおい〟という言葉に、わたしはまったくぴんときていなかった。


風呂《ふろ》へ入って自分の部屋へ行き、ベッドに寝転《ねころ》がる。

マンガを取りだして、砂山《すなやま》を作る方法にまちがいはなかったかを確認《かくにん》し、ぱらぱらとページをめくる。

いつの間にか睡魔《すいま》におそわれ、眠《ねむ》りのふちに落ちかけたときだった。

いひぃひひひひひひひひひぃぃぃ
うあぁえええええぇぇぇぇ……
いたぁ……ここにいたぁ……いぃひひひひぃ

それは、大人になったいまでも鮮明《せんめい》に思いだすことができるほど、はっきりと聞こえた。

おどろいて飛びおきると、すっかり朝になっている。

とにかく昨日作った砂山《すなやま》が気にかかり、首からラジオ体操《たいそう》のカードをさげると、わたしは一目散に神社へむかった。


鳥居をくぐり、石だたみの参道をかけぬけ、石段《いしだん》の下に到着《とうちゃく》。

一歩一歩階段《かいだん》をふみしめ、まだ朝もやがゆらぐ境内《けいだい》へとたどりついた。

問題の大木は、むかって左側のおくから三本目だった。

おそるおそるその木に近づき、裏側《うらがわ》をのぞきこんだ。

「あっ!! なんだこれ!!」

思わずわたしはさけんでいた。

指で作った小さな階段《かいだん》には、いくつもの小さな足あとがあり、小石で囲んだ頂上《ちょうじょう》には、同じく歩きまわった無数の足あとがみえる。

足あとが連なる線は、はっきりと星形になっていた。

それらがいったいなにを意味するのか、まったくわからなかったが、父がいっていた〝銀杏《ぎんなん》のにおい〟の意味だけは判明した。

わたしが砂山《すなやま》を根元に作った大木は、イチョウの古木で、その神社の御神木《ごしんぼく》だったのだ。


そして、砂山《すなやま》の頂上《ちょうじょう》に刻《きざ》まれた星形の足あと……。

これは大人になってから知ったことだが、平安時代の陰陽道《おんようどう》の祖である安倍晴明《あべのせいめい》も、紋《もん》として用いた〝五芒星《ごぼうせい》〟だった。

陰陽道《おんようどう》では魔《ま》よけの呪符《じゅふ》とされている。


その後も、それはわたしにつきまとった。

夢の中ではあるが、はっきりと姿《すがた》を現すようになった。

体長10センチほどで、全体の3分の2以上が頭。がにまたで口がカラス天狗《てんぐ》のようにとがっており、ざんばらの髪《かみ》が生えた頭には、小さな角が二本生えている。

なぜか色は不鮮明《ふせんめい》なのだが、モノクロのイメージがある。

あれから何十年も経過しているのに、いまでもときおり夢に現れ、朝起きると、目の裏《うら》にくっきりと〝星形〟が残像として残るのだ。

隣《りん》室《しつ》

三年ほどまえの初夏のこと。

わたしは怪談《かいだん》ライブを開催《かいさい》するため、飛騨《ひだ》の山間にある、小さな温泉街《おんせんがい》へとおもむいた。

主催《しゅさい》の男性は大変いい人で、翌日《よくじつ》にひかえたライブの打ちあわせも、おもしろいほどとんとんびょうしに進んでいった。

「中村さんは温泉《おんせん》がお好きだとうかがったので、実にいいお湯の出る旅館をご用意しました。ただ……」

「ありがとうございます。ただ……なんです？」

「このあたりは観光地ではないので、満足な旅館が少ないのです。建物も古いし、もしかしたら今夜あたり……」

「あはは、やめてくださいよぉ」

どうやらわたしを、怪奇《かいき》マニアだと思っているようだった。

それから雰囲気《ふんいき》のいい居酒屋で軽い会食が始まり、おいしい地酒をいただいたわたしは、明日のライブに影響《えいきょう》しないように、酔《よ》いの回らないうちに、早々に用意された旅館へとむかった。

銘木《めいぼく》の産地とあって、旅館はしっとりとした純《じゅん》和風のたたずまい。山茶花《さざんか》の垣根《かきね》に、孟宗竹《もうそうちく》の竹林が周囲を囲んでいる。

(何百年も続いていそうだな……)

そんなことを思いながら、わたしは木戸を開けて、旅館の玄関《げんかん》へと足をふみいれた。

「いらっしゃいましぃ。お荷物は先に届《とど》いておりますので、どうぞお二階へ」

仲居さんに連れられて、二階へむかう。

これまた歴史を感じさせる調度品の数々が、ところせましと並《なら》べられている。

「昔この旅館のご先祖さまが、合戦に加わられましてぇ。ここに置かれたものは、その方がお召《め》しになったものだとか……」

　聞いてもいないのに、仲居さんはそこに置かれた甲冑《かっちゅう》を指さして説明を始めた。

　まじまじと見てみると、ところどころに刀傷《かたなきず》があるのがわかる。それがそこらで売っている調度品ではなく、実際に実用品として使用された本物であることがうかがえた。

　部屋に入るとすぐに、近くの川でとれたという川魚の塩焼きに、山菜のあえ物など、ご当地の名物が、夕食として運ばれてきた。居酒屋ですでに腹《はら》につめこんでいるわたしは、おかずがのったお膳《ぜん》だけ、なんとか平らげた。

　それから温泉《おんせん》をいただくと、満腹《まんぷく》と旅のつかれのせいで、わたしは急激《きゅうげき》にはげしい眠気《ねむけ》におそわれた。

　早々に部屋へもどり、風呂《ふろ》に入っている間にのべられてあったふとんにもぐりこむ。

　ところが、そのとたんだった。

「あ～くそっ！　あ～くそっ!!」

となりの部屋から、たびたび大きな男の声が聞こえてくる。

気になってしかたがない。とろとろとしているわたしの頭に、この声がなぜだか異様《いよう》なほどの刺激《しげき》を与《あた》えてくるのだ。


「ドンドンドンッ!」


それに床《ゆか》をふみならすような音が続く。今度は音といっしょに、振動《しんどう》までが伝わってくる。古い旅館だし、壁《かべ》もうすいのだろう。ちょっとしたせきばらいでもつつぬけだろうに、こうもガタガタとやられたのではしかたがない。

わたしは、ひと言いってやろうと、ろうかへ出た。

すると、わたしを案内してくれた仲居さんに出くわした。

「ちょうどいい。となりの人がやかましくてかなわんので、少し静かにするようにいってくれないかな」

ところが、わたしの言葉に、仲居さんはあからさまにけげんな顔をした。わたしのことなど無視《むし》するように、その〝隣室《りんしつ》〟を凝視《ぎょうし》している。

それから軽く頭を下げると、彼女《かのじょ》はなにもいわず、どこかへ行ってしまった。

「だめだな、これは……」

わたしはしかたなく階下へ下りて、他のスタッフを探《さが》すことにした。

一階へ下り、帳場で番頭さんをつかまえる。

「先ほど仲居さんにも伝えたんだが、となりがやかましくてかなわないんだが、なんとかしてもらえないだろうか」

「おとなり……でございますか。もしかして、それは左どなりの、おくのお部屋で？」

「そうだが……」

わたしの答えに、番頭さんの顔色がみるみる変わっていく。

すぐに察したわたしは、「まぁいいや」と引きかえそうとしたが、それを番頭さんが引きとめた。

「お部屋を替《か》えましょう」

番頭さんの言葉が、わたしの中にいる〝いじわるの虫〟を起こした。

「どうして？　なにも部屋を替《か》えなくたって、隣室《りんしつ》に進言してくれれば、それでいいよ」

するとと思わぬ答えが返ってきた。

「お体にさわりますので……」

すかさず詰問《きつもん》すると、番頭さんはしぶしぶ続けた。

「あれが聞こえる方は、たまにいらっしゃいます。一度聞こえると朝まで際限なく続くようで、とても熟睡《じゅくすい》などできません。ほとんどの方は平穏《へいおん》に過ごされるのですが、中にはお客様のような方もおいでで……」

「もしかして隣室《りんしつ》は……」

「はい。お察しの通り、〝不明門《あけず》〟にございます」

なにがあったのかたずねようとも思ったが、深みにはまる気がして、だまって部屋を替《か》わることにした。

「こちらへ」

通された部屋は、先ほどのものよりずっと上等で、入るとすでに蚊《か》やりがたかれていた。ふとんもまえの部屋と全然ちがう。

わたしはかえってよかったと、すぐにそこへもぐりこんだ。

どれくらいの時間がたったのだろう。
ふとした物音に目が覚めた。

カリカリカリ……カリカリッ……カリカリッ

まるで天井《てんじょう》板につめを立てて、板目を探《さが》すような音がする。
わたしは思わず上半身を起こし、音のする箇所《かしょ》に目をやった瞬間《しゅんかん》だった！

「下にぃ……居たぁのかぁ」

そこは、不明門《あけず》の真下の部屋だった。

カラス

友人の岩田が、小学校五年生のころに体験した話だ。

学校が長い休みに入ると、岩田は自宅《じたく》から少しはなれたいなかに住む祖母のところへ、ひんぱんに出かけていた。古びた一軒家《いっけんや》に、岩田の祖母はひとり暮《ぐ》らしをしていた。

祖母の家の裏《うら》には山があり、岩田にとってはかっこうの遊び場だった。

セミたちが鳴く森、小さな丸太でできた橋のかかる小川。街中では見ることのない小鳥たち。コケがびっしりと生え、まるで緑のじゅうたんをしいたような地面……。

もしも天国というものがあるのなら、それはこんなところなのかもしれないと、子どもながらに岩田が思うような光景が、その山には広がっていた。

ところが、ひとたび日が落ちると、山の状況《じょうきょう》は一変する。

「いいかい。ぜったい、日が暮《く》れるまで山にいちゃいけないよ。日が暮《く》れたらね、あそこは人間のいる場所じゃなくなるからね」

少しにらむような顔をして、祖母は岩田によくそういいきかせた。いいおわると、必ず最後には笑顔《えがお》を見せてくれる。そんな祖母が、岩田は大好きだった。


なんども祖母の家に遊びに行くうちに、岩田はあることが気になりだしていた。

窓《まど》から見える景色の中に、電線が真横に走っているところがある。そこにいつも、同じカラスなのではないかと思える鳥が一羽、こちらをむいてとまっている。

いつ訪《おとず》れても必ず、しかも岩田のいる窓《まど》の方をむいてとまっているのだ。

「なんだろ、あのカラス……」

ふつう、カラスは首を前後左右に動かし、ひんぱんにあたりを警戒《けいかい》しているものだ。

ところがこのカラスは、常にじっと岩田がいる方に顔をむけて、身動きひとつせず、首をすくめてじっとしている。

カラスなだけに、いまにして思えば気味が悪いのだが、当時の岩田はそんな感情はまったくわかず、むしろ、好意を寄せていたという。

ある日、また祖母の家に遊びに行った岩田は、その日も朝から、裏山散策《うらやまさんさく》をしていた。もうすっかり慣れたもので、獣道《けものみち》のようになっている草のないところを選び、おくへおくへとかけていく。

朽木《くちき》を飛びこえ、丸太橋を両腕《りょううで》を広げてバランスを取りながらわたる。大人からすれば大した距離《きょり》でなくても、子どもにとっては、そこそこ心おどる、ちょっとした冒険《ぼうけん》だ。

落ちた枝を拾いながら、岩肌《いわはだ》や木の幹をなでる。ときおり立ちどまり、空を見あげると、刻一刻《こくいっこく》と木もれ日が変化していく。風にゆらぎ、葉っぱがカサカサと鳴る音に交じる、さまざまな鳥たちの声……。岩田の大好きな時間。

その日はことに心地《こ こ ち》よい空間が岩田を包み、つい、まだ足をふみいれたことのない場所に入りこんでしまっていた。

そこは、他のところより薄暗《うすぐら》く、時間の感覚さえうばわれてしまいそうな、ある種異様《い よう》な気配がただよう場所だった。

「ふう」

歩きつづけて、つかれた岩田は、倒木《とうぼく》に腰《こし》かけると、冷静にあたりを見まわしてみる。

そのとたん驚愕《きょうがく》した。

森の中を方々歩きまわったせいか、完全にもどる方向がわからなくなっていた。

見なれたところがまったく見あたらない。方向感覚が完璧《かんぺき》に失われたようだった。

岩田は、なじみの森に背《せ》をむけられ、見すてられたかのように感じた。

つま先の方から、ざわざわとした不安感が急激《きゅうげき》におしよせ、それがひとすじの涙《なみだ》となって頬《ほお》を伝っていく。

「どうしよう……どうしよう……」

そうつぶやきながら、あせってやみくもに森の中を歩きまわるが、一向に見なれた風景は現れない。

そうこうしているうちに、やがて日はかたむきかけ、森の中はさらに暗くなってくる。

「ばぁちゃーん!! ばぁちゃーん!!」

思わずさけんでみるが、当然ながら答えはなかった。

途方《とほう》に暮《く》れてその場にすわりこむと、祖母の言葉が頭をよぎった。

「日が暮《く》れたらね、あそこは人間のいる場所じゃなくなるからね」

そのとたん、不安は恐怖《きょうふ》へと変わった。

風の音はうなり声に聞こえ、そびえ立つ木々は自分を見おろす魔物《まもの》に見えた。

いつしか岩田は、声を上げて泣いていた。


しばらくして少し落ちついてくると、岩田はまた周囲を見まわした。

そしてある一点で目がとまった。

(だれか……いる)

視線《しせん》のずっと先に、だれかが立っている。

岩田は無意識のうちに立ちあがり、その人の方へと歩を進めた。

だが不思議なことに、その人にむかって歩いているはずなのに、いっこうに近づけない。

その人はじっと岩田の方をむいて立っている。しかし、まったく距離《きょり》が縮《ちぢ》まらないのだ。

薄暗《うすぐら》くてよく見えないが、黒っぽい着物を着たおじいさんのようだった。


岩田は、その人物目指して必死に近づこうとした。

いつしかかけ足になり、途中《とちゅう》なんどもなんども転んで、いつしか足とひじはすり傷《きず》だらけになっている。

さすがにつかれはて、岩田は走るのを止めた。ひざに手をついて立ちどまる。息が上がり、はあはあと犬のような呼吸《こきゅう》になっている。

なんとか息を整えると、ふたたびむこうにいる人に近づこうとした。

しかし顔を上げたとき、そこにおじいさんの姿《すがた》はなかった。

代わりに目に飛びこんできたのは、いつもの見なれた森の風景だったという。

その瞬間《しゅんかん》、また涙《なみだ》がこみあげてきた。先ほどとはちがい、今度は安堵《あんど》の涙《なみだ》だった。

森の出口に、立派《りっぱ》な枝ぶりの木が立っていた。

そのいちばん下の太い枝に、なにかが見える。

それは、一羽のカラスだった。

身じろぎもせず、首をすくめて岩田を見つめている。

「ありがとう！　おまえが……」

思わず声に出ていた。

岩田がそういいかけると、カラスは飛びさってしまった。

森の出口で、体にしみいりそうな夕焼けが、岩田をむかえてくれた。


祖母の家にもどって、岩田は祖母にこっぴどくしかられたあと、すべてを話してみた。

そのとき祖母のいった言葉が、三十年以上たったいまも、岩田の頭の中に残っているという。

「ああ、それは大変な経験をしたね。

それはね、森の神さんたちのおかげだよ。おまえを助けてくれたんだね。

いいかい、森の中にはね、木の神様、水の神様、石の神様、風の神様がいらっしゃるんだ」

「それから時はたって、ぼくも大人になりましたが、あれ以来、祖母の家で、あのカラスを見ることはありませんでした。

いまでもときおり、電線にとまるカラスを、じっと見あげることがあります。ひょっとしたら、おまえさんも神様なのか……なんて思いながらね」

岩田は遠い目をして、そう話した。

首

友人の迫田《さこた》は、バイクツーリングチームを運営している。

男女合わせて二十人くらいの規模《きぼ》で、日本各地を走りまわっていた。

ある日のこと、みゆきというメンバーが、真剣《しんけん》な面持《おもも》ちで迫田《さこた》に話しかけてきた。

「実はわたし……ここ最近、ひどく怖《おそ》ろしい夢を、立てつづけに見るんです」

夢の内容はこんな感じだった。

みゆきは白昼、大きな通りの真ん中に立っていて、周囲にはだれもいない。

急に視界《しかい》がまぶしくなったかと思うと、直後に暗くなった。

みゆきがまぶたを開けると、目のまえに足が見える。よく見ると、自分と同じくつをはいている。

目だけを動かして見てみると、そこに仁王立《におうだ》ちになっている自分がいる。直後、頬《ほお》に地面がリアルにあたっているのを感じる。

そこで初めて「自分の首が落ちたんだ！」と気づき、「早く元にもどさなければ！　早く！　早く！」とあせるが、体はもう自分の意思では動かない。

なんとかしなくちゃ、なんとか……なんとか……。

いつも、ここで目が覚めた。


バイクに乗るみゆきにとって、とても現実味を帯びた夢だった。

こんな夢を、なんども見ていることになやみ、眠《ねむ》るとまた同じ夢を見るのではという不安から、満足に眠《ねむ》れない日が続いているということだった。

しかしあくまで夢の話で、迫田《さこた》がどうこうしてやれるものではない。

「とにかくそんなことはありえないよ。おれだってときには怖《こわ》い夢くらい見るし、それを毎回現実に結びつけてたんじゃたまらんぞ。

みんなでどこかへ走りにでもいけば、気分も少しはすかっとするんじゃないか？」

みゆきにそう伝え、はげますことくらいしかできなかった。

迫田《さこた》は、みゆきのために数人に声をかけ、以前行ったことのある山へ、ツーリングにむかうことにした。


バイクを修理に出していたみゆきは、メンバーのバイクのうしろに乗って参加した。

天気は絶好のツーリング日和《びより》。山間部に入り、曲がりくねった峠道《とうげみち》を、迫田《さこた》たちは軽快に飛ばしていく。

その先には小さなトンネルがあった。

だれがうわさするともなく、地元では〝出るトンネル〟といいつたえられていた。

内壁《ないへき》は手でほったあとが残る、実に古めかしいもので、車が一台通れるほどのはばしかない。

夜ともなれば、人っ子ひとり見かけることはない場所で、迫田《さこた》も深夜、そのトンネルを訪《おとず》れたときに、火の玉とすれちがった経験があった。

かわいたエンジン音が山々にこだまし、一団は間もなくそのトンネルへと差しかかる。

そのときだった。

「キャッホーッ!!」

迫田《さこた》のまえを走っているバイクの後部シートにすわっていたみゆきが、そうさけぶなり、突《とつ》如《じょ》、シートに立ちあがった!

「なっ、ばか! やめろ、みゆきっ!! よせーっ!!」

必死にさけぶ迫田《さこた》の声が聞こえないのか、運転者がみゆきが立っていることに気づいていないのかわからないが、バイクはスピードをゆるめることなく、そのままませまいトンネルへと突《とつ》入《にゅう》した。


ズドッ!!

「うおっ!!」

突然《とつぜん》、大きなかたまりが迫田《さこた》にむかって飛んできた。

それが肩《かた》に激突《げきとつ》した迫田《さこた》は、バランスを失い転倒《てんとう》した。

「いってえ！　なんだいまのっ!?」

「だいじょうぶか!?」

後続のメンバーが口々にそういいながら、トンネルの中に停車する。

迫田《さこた》が周囲を見わたすと、みゆきがはしの方にたおれているのが見えた。

「お、おい、だいじょうぶか、みゆき！」

起きあがって、迫田《さこた》はみゆきに走りよった。

みゆきの頭部がなくなっていた。

「うわああああっ！」

そうさけんで、迫田《さこた》は反射的《はんしゃてき》に周《まわ》りを見回した。

数十メートルうしろに、ヘルメットがひとつ転がっている。

みゆきの頭は、その中に入ったままだった。


トンネルの天井《てんじょう》部分には、わずかながら照明がついており、シートに立ちあがったみゆきは、それに頭を直撃《ちょくげき》させたのだ。

「信じられないことだけど、あのとき、みゆきの目が、わずかながら動いたんだ。困《こま》ったような、おびえたような表情を見せた。

みゆきは……あいつはあの日、自分が死ぬことを、わかっていたんだと思う」

涙《なみだ》をぬぐいながら、迫田《さこた》はそう語った。

赤い柱

ある秋の夕方、家屋の解体業を営む吉田《よしだ》から電話が入った。

「親分！」

あいかわらずわたしをそう呼《よ》び、聞きなじんだ早口でまくしたてる。

吉田《よしだ》が連絡《れんらく》してくるのは、たいてい夜もふけてからで、こんな早い時間にかけてくるのはめずらしい。

「いやぁまいっちゃったよ親分、昨日の現場でさあ……」

東京都下にあるそこは山間部で、この時代にあってもなお、まるで昔話に出てくるような風景が残る場所だ。

吉田《よしだ》の〝まいっちゃった〟というのは、こんな話だった。

ある工務店から、H村にある旧家の解体依頼《いらい》がまいこんだ。

ところが、依頼《いらい》された日程を確認《かくにん》してみると、吉田《よしだ》にはびっしり予定がつまっている。しかたなく知りあいの業者に下うけに出すことにした。

「そんなに大きくない平屋だから、まあ時間かからず、完了《かんりょう》しそうだよ」

若《わか》い職人を数人連れて、朝から現場に入った知りあいは、軽い口調でそういってくれた。

周囲には、迷惑《めいわく》のおよびそうな家も畑もなかったため、かんたんにシートで囲って養生をすませ、中型の油圧機械を親方が操縦《そうじゅう》して作業を進めていた。

大きめの木材はトラックに積み、そのままリサイクル工場へ搬入《はんにゅう》する。

ほこりをおさえるために、職人がホースで水をかけながら、別の職人が段《だん》どりよく木材を仕わけしていく。

ところが、ふとしたひょうしに油圧機械の動きが止まった。

「親方、どうしました？」

若《わか》い職人たちが機械の方を見ると、親方が操縦《そうじゅう》レバーをにぎったまま、機械の中で顔をふせて泣いている。

あわてた職人たちはすぐに作業の手を止めて、油圧機械にかけより、ドアを開けて親方に声をかけた。

すると、親方が涙《なみだ》ながらになにかをうったえてくるのだが、いったいなにをいっているのかが理解できない。赤ちゃん言葉のようになったり、聞いたこともないような方言になったり、まったく要領を得ないのだ。

とにかく少し休ませようと、先にはがしてあったたたみの上に親方をすわらせ、なかば無理やり水をふくませた。

水をひと口飲み、親方はゴクッとのどをならすと、ふう～っと大きく息をついて、みょうなことをいいだした。

「おまえら……あれ……気づいたか？　人形だよ人形。屋根こわしたときに、屋根裏《やねうら》のあたりから出てきて、ぽろっと下のゴミの中に落っこちたろ？」

職人の中にひとりだけ、同じものを目撃《もくげき》したという者がいた。

「おれも見ました！」

親方は、その人形を見たとたん、まるで自分が自分でないような、実に不思議な感覚におちいったのだという。

「機械に乗ってる自分の姿《すがた》を、少しはなれた場所から見てるんだ。まるで、一瞬《いっしゅん》、魂《たましい》がぬけたかのような感じだった……」

そのとき、職人たちが機械から降《お》ろしてくれて、水を飲んだあたりで、我《われ》に返ったと親方は話した。

「もうだいじょうぶだ。とにかく、いまはここをかたづけよう」

親方の言葉で作業を再開したが、そこからは別段《べつだん》なにも起こらず、なんとか予定通り、その日のうちに、現場を撤収《てっしゅう》した。


ところが親方が家に帰ると、茶の間の方がそうぞうしい。

あわててくつをぬいで親方がかけこむと、娘《むすめ》をまえに妻がおどおどしている。妻はなにかを怖《こわ》がっているようにみえた。

「どうした？　なにがあった？」

おびえたようすで、妻が答えた。

「少しまえから、この子のようすがおかしくなって……『どうしたの?』ってきくと、まるで赤ちゃんにかえったような言葉づかいで話しだして……。そうかと思ったら、今度は聞いたこともないような方言をしゃべって、なにをいってるのか全然わからないのよ……」

親方は青ざめた。

それは自分が昼間、あの現場でおちいった症状《しょうじょう》とまるっきり同じだった。もちろんそのことを、家族の者にはいっさい教えてはいなかった。

「それでね親分、こんなことといっちゃなんなんだけど、だれか『そういったこと』に対処《たいしょ》できる人を知らないかと思ってさ……」

要するに、吉田《よしだ》がわたしに電話してきたのは、まさにそれが理由だったのだと、いまさら気づいた。

その日のうちに、わたしは知りあいの僧侶《そうりょ》を紹介《しょうかい》してあげた。その僧侶《そうりょ》は遠隔地《えんかくち》から供養《くよう》を営んで、『そういったこと』に対処《たいしょ》できる力を持っている人だった。

その晩《ばん》、おそくのこと。

わたしは寝《ね》いりばな、突然《とつぜん》、金縛《かなしば》りにおちいった。それもいつもとちがい、半分が夢の中にいるという、特異《とくい》なシチュエーションで起きた。

夢の中で、わたしはなんとか金縛《かなしば》りをといて半身を起こすと、見たこともない家の中にいた。

それも実に古い日本家屋。周囲にはつんと鼻をつく、材木が古くなったときに発する、すえたにおいがただよっている。

わたしが、いまいる場所はたたみの上。ふとんもなにもない状態で寝転《ねころ》がっていたらしい。

たたみに手をつくと、そのたたみ自体がじっとりとしめっているのがわかる。手に力をこめると、じんわりとたたみはしずみこんだ。

(ここはいったいどこなんだ……?)

そう思いながら立ちあがって、わたしは周囲を見回してみる。

なんども目をこすってみるが、現実に近い感覚が混ざり、夢だとわかっていながらも、それが尋常《じんじょう》でない場所であることがはっきりとわかる。

部屋の明かりは点《つ》いておらず、すべての窓《まど》にはカーテンが引かれている。

その中のひとつの窓《まど》に近づこうとしたとたん、右側に異様《いよう》な感覚がして戦慄《せんりつ》した。

なんとわたしの右側に、ぴったり寄りそうようにして、見たこともない着物姿《すがた》の女の子が立っている。

「おーっとぉ、びっくりした！」

わたしが思わずそうもらすと、女の子は、わたしのわき腹《ばら》あたりに、ぐいぐいと自分の頭をおしつけてきた。

いったいなんのもようかはわからないが、その子は赤い地の総がらの着物を着ている。それはまるで昭和の時代に街角でよく見かけた、チンドン屋のようだった。

怖《おそ》ろしいとか、気持ち悪いとかいう感覚はうすく、なんど手でおしのけても近づいてくるその子に、わたしはなかば、めんどうくささを感じるようになっていた。

「とにかく、な。外は明るいんだからさ、カーテン開けような」

そういいながら、わたしはカーテンを開けた。

すると女の子が小走りで窓《まど》に近づき、開けたばかりのカーテンを〝シャッ〟と閉《し》めてしまう。

またわたしがカーテンを開ける、その子が閉《し》める。開ける、閉《し》める……。

そんなことを、なんどかくりかえしていると、突然《とつぜん》、女の子は「グルルルルル」と、まるで犬のようなうなり声を上げはじめた。

「わかった、わかった」

わたしは女の子をなだめて、窓《まど》のある壁《かべ》側から、反対側へむきかえった。

そこでわたしは、実に奇妙《きみょう》な情景を目のあたりにした。

家の中には、ざっと見た感じで数本の柱が確認《かくにん》できた。

その中で、四すみにある角柱が、真っ赤にぬられているのだ。

真紅《しんく》に近いそれらの柱は、その赤を誇張《こちょう》するように、柱自体が発光して見えた。

目をこらしてよく柱を見ようとした瞬間《しゅんかん》、ふと目が覚め、わたしの視界《しかい》に飛びこんできたのは、いつもの寝室《しんしつ》の風景だった。

数日後、吉田《よしだ》から電話がかかってきた。

あれ以来、下うけ業者の親方とその家族には、なんの異変《いへん》も起きていないという。

吉田《よしだ》は電話を切る間際《まぎわ》、こんなことをいった。

「まったく世の中には、摩訶不思議《まかふしぎ》なことってあるもんだね、親分。

実はあの家ね、まえにもいったと思うけど、見つもりするときにおれも一度、足をふみいれてるんだけどね。なんていうかなぁ、こう一種、独特な雰囲気《ふんいき》のある家でね。

なんの呪《まじな》いか知んねえけど、家の中の柱が真っ赤にぬってあったんだよな……」

鳥居の道

「中村君は、なんだ、怪談《かいだん》をやってるんだってな」

いまから四年ほどまえ、ある大手運送会社の会長であるAさんから、突然《とつぜん》そんなことをいわれた。

カラカラとよく笑い、おいしいものに目がない、かくしゃくとしたおじいちゃんだ。

「いや、ぼくもね、過去に一度だけなんだが、実に不思議な体験をしたことがあるんだ」

時代背景《はいけい》を除《のぞ》いて、地名や個人名、団体名などを絶対に明かさないと、わたしが確約すると、Aさんはこんな話を聞かせてくれた。

Aさんとの約束があるので、登場人物はABCとしておく。

「ぼくはあるところの山の中で生まれてね。そりゃあもう貧しい暮《く》らしだった。十三になると同時に、奉公《ほうこう》に出された。わかるだろ？　口べらしだよ」

Aさんが奉公《ほうこう》に出された先は、遠くはなれた山中で切りだし作業を行っていた。

山に生えている木を切り、それをふもとまで運んでくるという重労働。もちろんまだ十三の子どもに、のこぎりなどひけるはずもなく、Aさんの仕事はもっぱら枝をはらったり、細めの木を運んだりする雑用が主だった。

現場には、Aさんと同年代の子どもが何人もおり、ほどなく打ちとけあって友だちもできた。

そんなある日のこと。

前日、多く切りだしすぎたということで、早いうちから仕事が切りあげになった。

まだ日が高いうちから宿舎に帰れるとあって、職人たちは「今日は酒もりだ、酒もりだ」と連呼《れんこ》してまいあがっている。

Aさんも道具をかたづけ、帰りじたくをしていると、最近、友だちになったBとCが話しかけてきた。

「おい、こんな機会はめったにないから、帰りに『鳥居の道』に行ってみないか？」

木の切りだしというのは、ひとつの山を、手あたりしだいに坊主《ぼうず》にしていくのではなく、決められた場所から、決められた分だけを伐採《ばっさい》する。

特にヒノキやスギは、育っては切り、育っては切りをくりかえす。山によっては長年、伐採《ばっさい》を続けることになるため、木の樹齢《じゅれい》や発育状況《じょうきょう》などを適切に判断して行うのだ。

伐採《ばっさい》した原木は一定の長さに裁断《さいだん》され、専用《せんよう》に作った道を通って、ふもとへと降《お》ろされる。何年もの間、場所を変えながら伐採《ばっさい》していくため、山にはまるで葉脈のように、原木を運ぶ道ができることになる。

その中の一本を、彼《かれ》らは〝鳥居の道〟と呼《よ》んでいた。

理由はわからなかったが、周囲の大人たちに、その道にだけは、絶対に近づいてはならんと、きつくいわれている道だ。

しかし、そこは子どものこと。「行くな」といわれれば行きたくなる。

AさんはBさん、Cさんを連れだって、酒もりにうかれる大人たちの目をぬすみ、「近づいてはならん」方向へと進んでいった。

いつしか三人は、鳥居の道の入り口に立っていた。

周囲に草が生《お》いしげるそこは、一見して〝ふつうでない〟場所感をかもしだしている。

入り口から少し行ったあたりに、ずどーんと太い柱が道をふさいでいるのが見える。

それらは木がくさって落下した、鳥居のいちばん上の部分〝笠木《かさぎ》〟そのものだった。笠木《かさぎ》の両側に、たおれた柱や、うもれかかった台石も確認《かくにん》できる。

その道が〝鳥居の道〟といわれるゆえんだった。


三人はくちはてた笠木《かさぎ》をまたぐと、あれた山道を登りはじめた。

それこそがその先に待つ、未知の空間へ足をふみいれた瞬間《しゅんかん》だった。

しばらく行くと、いつしか道は平坦《へいたん》になり、足元にきらきらと白い石がかがやいていた。

じょじょに周囲が開けていき、遠くに見事にきわだった山の稜線《りょうせん》がみえてきた。三人は無言で歩を進めた。

これといってめずらしいものも、怖《おそ》ろしげな怪物《かいぶつ》も、そこには存在《そんざい》していなかった。

ふと空を見あげたAさんは、さっきまで真上にあったはずの日が、いつの間にか、ずいぶん西にかたむいていることに気づいた。周囲もだいぶ薄暗《うすぐら》くなっている。

「だ、だいぶ暗くなってきたね……」

Aさんがいうと、あとのふたりがはやしたてた。

「なぁんだよ、おまえ、怖《こわ》いのかよ～」

「そんなことあるもんか！」

そんなやりとりをするも、三人ともつかれはピークにたっしつつあった。

日が山のむこうへ落ちようとしている、まさにそのときだ。

「なぁ」

最後尾《さいこうび》を歩いていたCさんが声をかけた。

しかしAさんもBさんも、それには答えなかった。

「なぁ」

ふたたび背後《はいご》からCさんがいうと、ようやくBさんはめんどうくさそうに口を開いた。

「なんだよ！」

「ちょっと止まってくれよぉ」

「なんでだよもう、うるさいなぁ」

そう答えたBさんも、Aさんも、次にCさんが発した言葉に、足を止めざるをえなかった。

「道……ないんだけど」

その言葉におどろき、全員でうしろをふりかえる。

三人とも腰《こし》をぬかしそうになった。

いままで自分たちが歩いてきた、白い石がしかれた道がなくなっている。それどころか、背《はい》後《ご》にうっそうとしげる森がせまってきているのだ。

うしろだけじゃなかった。

周囲を見わたしても、一面、深い森になっていて、あれほどくっきりとむこうに見えた山の稜線《りょうせん》も、どこかに消えさっていた。

三人ははげしく狼狽《ろうばい》した。

(他人のことなど構っていられない、とにかくここをぬけ出さなければ、自分の命に関《かか》わる)

全員が同じ気持ちだった。

ところが、うしろにもどろうにも道はない。とにかく三人はなんとか落ちつきを取りもどすと、唯一《ゆいいつ》進める先へと歩くことにした。

周囲はすでに闇《やみ》に包まれている。獣道《けものみち》のようなたよりない道を、おそるおそるたどっていく。

するととつぜん、急な角度のついた斜面《しゃめん》に出た。目をこらすと、眼下に集落のようなものが見え、ところどころに明かりがちらついている。

「村だっ！」

三人は転げるようにしてがけを下り、そこへたどりついた。

ところが、集落の中ほどにある広場のようなところにさえ、人の気配が感じられない。

あたりを見回すと、広場をつっきった先に、一軒《けん》の家が見える。その縁側《えんがわ》に、小さなばあ様がちょこんとすわっている。

三人はべそをかきながら、一目散にその家にかけよると、ばあ様にいま自分たちの身に起きていることを、早口でまくしたてた。

「おうおう、おまえたち、なにをそんなにさわいでおる。まぁまぁ、ずいぶんきたないじゃないかいな。まずはそこのそれ、井戸《いど》ばたへいって、手ぇと顔を洗《あら》ってきなされ」

先ほどまでのあせりようがうそのように、三人は素直《すなお》にばあ様に従《したが》った。

手と顔を洗《あら》ってもどって来た三人に、ばあ様はにこにことほほえんでいる。

「どれ、腹《はら》もすいとることじゃろ。ちょっと待ちなされや」

そういうと、おくから大きなぼんに、山もりになったぼたもちを持って出てきた。

それが、ただのぼたもちではない。

もちのまわりには、あんの代わりに、栗《くり》きんとんがついている。

「す、すごい！　黄金色《こがねいろ》のぼたもちだ！」

ただでさえ甘《あま》いものが貴重《きちょう》な時代に、貧しい少年たちは、そんなものをみるのは初めてだった。

三人は無我夢中《むがむちゅう》で食《く》らいつき、何個も何個もそれを腹《はら》におしこんでいく。

ところが不思議なことに、いくら食べても、ぼたもちの山の高さが変わらないのだ。食べても食べても、ぼんの上のぼたもちが減ることはなかった。

「東の山で切りだしをしとる衆《しゅう》だの。とにかくいまは、ここには若《わか》い衆《しゅ》もおらんで、送っていくこともできまい。今夜はここで寝《ね》て、夜が明けたら、だれかに送らせよう」

ばあ様はそういうと、三人を一軒《けん》の大きな家へ連れていった。

中から、ひげをたくわえた、かっぷくのいい老人が出てきた。

ばあ様がそっと耳うちすると、老人は三人を見て、にんまりと笑っていった。

「しかと引きうけた！　さあさあおまえたち、難儀《なんぎ》であった。寝所《しんじょ》に案内するゆえ、ゆるりと休むがいい」

生まれてこのかた見たこともない、ふかふかのふとんに、真っ白のしき布。三人はそこへたおれこむと、まるで死んだように眠《ねむ》りに落ちていった。

三人はそれぞれ夢を見た。

Aさんは金の鳳凰《ほうおう》、Bさんは金の獅子《しし》、Cさんは金の龍《りゅう》が夢に現れた。

「おい、起きるんだ、おまえたち。いまから『おまえたちの場所』まで連れていく」

気持ちよく寝《ね》いっていた三人を、突然《とつぜん》、野ぶとい男の声が呼《よ》んだ。

目をこすりながら、寝《ね》ぼけまなこで見あげると、そばにひげで顔をおおった大男が立っている。

男は三人を家から連れだすと、昨晩《さくばん》、手を洗《あら》った井戸《いど》へと連れていき、そこで顔を洗《あら》うよううながした。

三人がそろったのを確認《かくにん》すると、男は建物の裏側《うらがわ》へと回りこみ、そこにあった金色にかがやくお社に手を合わせた。

「いいかおまえたち。ここはおまえたちの来るところではない。よっていまから『おまえたちの場所』に案内するが、そのまえにひとりずつ、このお社に手を合わせるんだ。いままで健康で、無事でいられたことを感謝しなさい」

三人はいわれた通りにまえに進みでて、日々無事に過ごせることへの感謝を念じながら手を合わせた。

すると男は三人の顔の高さにしゃがみこんで、三人の目をじっと見てこういった。

「おまえたちは、幼《おさな》いながらも苦労しているな。その苦労は、必ずや将来《しょうらい》の糧《かて》となろう。いいかおまえたち、いまからもう一度このお社にむかい、将来《しょうらい》なにになりたいかを強く念じるんだ。いいか、心をこめて強くだぞ」

三人とも歯を食いしばり、誠心誠意《せいしんせいい》念じた。

いつしか三人の頬《ほお》を涙《なみだ》が伝っていた。

静かに歩きだした男のあとに、無言の三人が続く。

しばらく山中を歩くと、突然《とつぜん》、眼前が開けた。

そこは三人にとって見おぼえのある場所……。

山の稜線《りょうせん》がくっきりと見えた、あの場所だった。

そこから少し行くと、見たこともない大きな渓谷《けいこく》が現れた。そこに一本の吊《つ》り橋がかかっている。

「よーし、ここからはおまえたちで行くんだ。

だけどいいか、この吊《つ》り橋をわたりきるまで、絶対にふりむいてはいけない。

いいな。約束できるな」

男はそういうと、ぽんと三人の背中《せなか》をおして送りだした。

足をふみだしたはいいが、眼下には谷底が見えないほどの空間が広がっている。高いところが苦手なAさんは、めまいを起こしながら、死に物狂《ものぐる》いで歩を進めていた。

橋の中ほどまできたときだった。

突然《とつぜん》、霧《きり》が立ちこめ、周囲がまったく見えなくなった。三人は真っ白な中、なんとか橋をわたりきった。三人目がわたりおえた瞬間《しゅんかん》、突如《とつじょ》として霧《きり》は消えさった。

三人でようやく、ふりかえってみる。

しかし、そこには吊《つ》り橋はおろか、渓谷《けいこく》などどこにも見えない。

それどころか、周囲に大勢、なじみの職人たちがいる。

「今日は酒もりだ、酒もりだ」

職人たちは、そう連呼《れんこ》してまいあがっている。

時間が巻《ま》きもどっていたのだ。


「中村君。三人があのとき、どんな夢をみたか、なにを念じたかっていうのは、もちろんあとから知ったことなんだがな……」

会長は話の最後に、こう教えてくれた。

Aさんは、山の仕事で生まれて初めて見たトラックをたくさん使って、運送会社を持つと念じた。

Bさんは、作業場の宿舎で初めて使った、電気器具の会社を起こしたいと強く思った。

Cさんは、自分たちが切りだした材木を使った、建築会社を経営したいと祈《いの》った。

「そうなんだ中村君、三人ともしっかりと夢がかなっちまったんだよ」

服屋の女神《めがみ》

大阪《おおさか》在住の女性、北川さんから聞いた話だ。

彼女《かのじょ》の家の周《まわ》りは倉庫が多い。

幹線道路が近いせいもあり、昼夜を問わずトラックが往来するので〝根を下ろして暮《く》らす〟という街ではない。

そんな環境《かんきょう》の中に、三十年ほどまえ、服のチェーン店ができた。

工事が始まったときは、なにができるのかまったくわからなかったのだが、建物の完成が近づいたころ、家のポストにチラシが入ってきて、全国に展開《てんかい》する服のチェーン店がオープンすることがわかった。

冒頭《ぼうとう》に書いたように、そこは倉庫街。

住人はさほど多くもなく、「こんなところにオープンしても、そうそうに撤退《てったい》するだろう」と、近所ではあざけり半分あわれみ半分でささやきあっていたという。

ところが、そんな近所のささやきもなんのその、その店は、無事に一周年をむかえバーゲンセールを開催《かいさい》。その後も順調に二周年、三周年と重ねていっている。

その店を揶揄《やゆ》する声は消えなかったが、オープン当初に比べると、それもずいぶん少なくなっていった。


天気のいいその日、北川さんはふとんを干《ほ》そうと、ベランダに出て、なんとはなしにその店の方を見た。

場所がら、それほど高くないビルなので、北川家のベランダからは、その店舗《てんぽ》全体を見わたすことができる。

その屋上には、ビルの三分の一ほどを占《し》める、でかでかとした看板《かんばん》が設置されていた。

その看板《かんばん》のはしに、人が立っている。

しかも首と両腕《りょううで》がない。

(うっわー!　またえげつないもんに、ちょっかいかけられとんなぁ……)

その〝人物〟は、人というには、あまりにも大きかった。

看板《かんばん》の高さと同じくらいの大きさに見えるのだ。

(……あれっ、どっかで見たことあるぞ?)

ふわっと着ながした、外国の映画《えいが》で見る古代人のようなファッションをして、しかも、大きな羽を広げている。

ベランダに出るたび、その〝人〟は目に入った。

(これ、知ってる!　なんだったっけ……?)

見るたびにそう思うのだが、北川さんはどうしても思いだせなかった。

そんなモヤモヤをあっさり解消してくれたのは、彼女《かのじょ》の息子《むすこ》だった。

「おかん、あれ、見える?」

夏休みの自由研究で栽培《さいばい》している植物を点検するため、北川さんといっしょにベランダに出た息子《むすこ》が、突然《とつぜん》、彼女《かのじょ》にそうきいてきた。

息子《むすこ》はベランダから外にむいて、なにかを凝視《ぎょうし》している。

視線《しせん》の先には、あのチェーン店があった。

「……あんた、見えるん？」

聞きながら、凝視《ぎょうし》しつづける息子《むすこ》の横に立って、北川さんも同じ方向を見る。

「看板《かんばん》のはしっこに立ってるやつやろ。よう見えんで」

あいかわらず首と両腕《りょううで》はないままだが、背中《せなか》の羽が幾分《いくぶん》大きくなっているような気がした。

「いつから見えてたん？」

北川さんの問いに、息子《むすこ》はこう答えた。

「だいぶまえから。このビルができたころやろか」

「なんや知らん、やっかいなもんやろ？」

「……いや」

「なんで？　あんなん、日本じゃ見ぃひんやろ？」

「てか、あれ、おれ知ってるし……。

おかんも知ってるはずやで」

そういうと息子《むすこ》は、いったん自分の部屋に入り、図鑑《ずかん》を持ってベランダにもどってきた。

「最初のページ」

そういいながら、彼女《かのじょ》のまえに図鑑《ずかん》をつきだす。

教えてもらったページをめくった北川さんの目に、ある彫像《ちょうぞう》が飛びこんできた。

それを見たとたん、彼女《かのじょ》のあいまいな記憶《きおく》が一気に晴れた。


そこに写っていたのは、ルーブル美術館にある〝サモトラケのニケ〟の彫像《ちょうぞう》だった。

あの彫像《ちょうぞう》そっくり、いや、まさしくそのものといってもいいような姿《すがた》をしたなにかが、看板《かんばん》のはしに立っているのだ。

サモトラケのニケは〝勝利の女神《めがみ》〟。

ルーブル美術館の彫像《ちょうぞう》は紀元前2世紀ごろにつくられたものだといわれているが、古文書にもこれについての記載《きさい》はいっさいなく、すべては推測《すいそく》の域《いき》を出ない。

「……あの店、つぶれんやろな」

「せやな。あれがいる間はな……」

そういいながら、自然とそれにむかって、手を合わせていた北川親子であった。

北川さんからこの話を聞いていたわたしは、たまたまパソコンで調べ物をしていたときに、このチェーン店が海外に進出したという情報を見た。

わたし自身は見ることもないだろうが、女神《めがみ》はまだまだあのチェーン店をラッキーに導いているのだろう。

このチェーン店の創業者《そうぎょうしゃ》はすでに亡《な》くなっているということだが、いったいいつ、どこで、この女神《めがみ》に魅《み》いられたのだろうか。

ひょっとすると、このチェーン店の創業《そうぎょう》者に限らず、いま勢いに乗っている人たちはみんな、すでにさまざまな女神《めがみ》に魅《み》いられているのかもしれない。

父の遺品《いひん》

つい最近聞かされた、友人・佐竹《さたけ》の身に起こった不思議な話をしよう。

佐竹《さたけ》の父親は、佐竹《さたけ》の幼少期《ようしょうき》に行方《ゆくえ》知れずとなり、その後、何十年も消息はわからなくなっていた。

先だってのこと。

近畿《きんき》の山間にあるという一軒《けん》の病院から、突然《とつぜん》、佐竹《さたけ》のところに電話が入った。

「お父様は末期ガンで、しかもすでに最終段階《だんかい》にあります。最期《さいご》に一目だけでも、ひとり息子《むすこ》であるあなたに、会いたいとおっしゃっているのですが」

佐竹《さたけ》にしてみれば、長年にわたり母子共々放置され、鬱積《うっせき》した思いがある中で、この唐突《とうとつ》な電話。どれほどとまどったことか、容易に想像できる。

しかし彼《かれ》は、急いでしたくを整えると、病院の住所を記したメモ書きを引きちぎり、関西行きの飛行機に飛びのったのだ。

ところが、病室にかけこんだとたん、電話で聞いた覚えのある声が、静かに佐竹《さたけ》に告げた。

「大変残念ですが、お父様は十分ほどまえに、息を引きとられました」

佐竹《さたけ》がそっと父の手にふれてみると、まだほのかなぬくもりが残っている。遠い昔に見た覚えのある表情は、実におだやかだったという。

「あの、お世話になりました。あとのことは、ぼくの方ですべて引き受けますので……」

と佐竹《さたけ》がいいかけた言葉を待っていたかのように、担当医《たんとう》は話し出した。

「お父様は、ご自分のあとしまつをすべてすませて、ここにみえたのです」

「あとしまつ？　それはいったいどういう……」

「まるで今日、亡くなられることを、ご存《ぞん》じだったかのように、方々の手続きをすませておられるんです。例えば、当院へのしはらいなどもね」

「今日死ぬのを、知っていたかのように……？」

「そうです。自分が死んだあと、葬儀《そうぎ》から荼毘《だび》にふし、埋葬《まいそう》するところまで、すべて福井《ふくい》県のあるお寺の住職に話をつけてあると。息子《むすこ》にそう伝えてほしい……と。これがそのすべてを書きとめたものです」

そういって、担当医《たんとうい》は便せんを差しだした。

そこには、葬儀《そうぎ》を依頼《いらい》する葬儀屋《そうぎや》から、葬式《そうしき》を出す寺の住所まで、「まるで手引書のようだった」と佐竹《さたけ》がいうほど、きっちりと順序よく記されていた。

便せんにあった手順通りにことは運び、指定されていた寺で、参列者が佐竹《さたけ》たったひとりの葬式《そうしき》をすませた。

小さな骨《こつ》つぼに納《おさ》まった父は、四十九日のくりあげ法要をすませたあとに、父が購入《こうにゅう》していた墓へと埋葬《まいそう》された。

すべてが完了《かんりょう》すると、住職は佐竹《さたけ》に父の話をしはじめた。

「お父様がここを訪《おとず》れられたのは、いまからさかのぼること、十年もまえになるでしょうか。山門のところにたたずんでおられたお父様に、わたしが声をかけました。

みょうに神妙《しんみょう》な面持《おもも》ちで、なにかこう……思いつめていらっしゃるようでしたのでね」

住職が話を聞いてみると、父はあることに巻《ま》きこまれ、裸一貫《はだかいっかん》で土地を追われてきたといった。

「行くところがないなら、ここに留《とど》まるように説得し、最初の数年間は寺男のようなことをして暮《く》らしていました。

ある日、お父様が唐突《とうとつ》に『わたしには、とむらわなければならない者がある』といいだしまして……。それ以来、経《きょう》を覚え、修行《しゅぎょう》を重ねていかれました」

佐竹《さたけ》の父は僧侶《そうりょ》になっていた。

「お父様の身になにがあったのか、なぜお父様がこの寺を訪《おとず》れたのか。この寺に来るまでなにをしてきたのか……。お父様が話すことはありませんでしたので、わたしも最後まで聞きませんでした」

住職はそう続けた。

すべての段取《だんど》りを終え、埋葬《まいそう》証明書を受けとった佐竹《さたけ》は、寺の裏手《うらて》にある駐車場《ちゅうしゃじょう》へむかった。

するとそこに一台の乗用車が入ってくる。見ると父を看《み》とってくれた担当医《たんとう》だった。

「ああ、間にあわなかったか。なんとか納骨《のうこつ》には間にあわせるつもりで、高速を飛ばしてきたんだが」

「ありがとうございます。わざわざ父のために？」

佐竹《さたけ》が聞くと、担当医《たんとう》はにっこり笑って答えた。

「お父様は実に楽しい方だった。抗《こう》ガン剤《ざい》による延命治療《えんめいちりょう》を拒否《きょひ》され、自らの死が目前にせまっているというのに、まったく眼中にない感じでね。自らが体験された楽しい話で、病室はいつも笑いにあふれていました。

わたしは医師だから、患者《かんじゃ》さんの死にむかう姿《すがた》に、悲哀《ひあい》を持って見るようなことはしませんが、お父様の場合はちがいました。

だからこそ、わたしが病院代表として献花《けんか》に訪《おとず》れたのです」

担当医《たんとう》はそういうと、後部座席《ざせき》から小さめの旅行カバンをひとつ取りだした。

「これもわたさねばと思いまして……。ここに、お父様のすべてが入っています」

「父のすべて……ですか」

「お父様は、このカバンひとつを持って来院されました。中になにが入っているかは確認《かくにん》していませんが、息子《むすこ》であるあなたにおわたしするのが最善《さいぜん》だろうと思い、持参しました」

メーカー名もなにも記されていない、古びた黒い旅行カバン。

中には、数枚《すうまい》の着がえと、なにも書かれていない手帳、それに数冊《すうさつ》の通帳が入っている。通帳を見ると、合計百数十万円の残金が確認《かくにん》できた。

「んっ、なんだこれ?」

カバンの中をあさっていた佐竹《さたけ》は、底の方に納《おさ》められていた、白い布で包まれたひとつのかたまりに気づいた。

カバンから取りだし、何重にも巻《ま》かれた布をといた。


現れたのは一体の古めかしい人形だった。

昔からある〝茶坊主《ちゃぼうず》〟という、からくり人形のような形をしているが、本来、手に持っているはずのぼんはなく、両手をまえに差しだしたまま固まっている。

手の位置は動かず、足も動くような作りではないので、形が似ているだけで、どうやらからくり人形ではないようだ。

「なんでこんなもの……」

佐竹《さたけ》はそうつぶやきながら、元どおりに布でくるみ、ふたたびカバンにしまいこんだ。担当《たんとう》医と別れ、佐竹《さたけ》はそのカバンを自宅《じたく》へと持ちかえった。


家にもどってから数日後、必要な法的手続きをすませた佐竹《さたけ》は、いとこたちに一連のことを報告するメールを送信した。

すぐに数人から返信があり、数日中に佐竹宅《さたけたく》を訪《おとず》れるとある。

家の中をあらかた整え、そのままにしてあった父の遺品《いひん》のカバンを開けた。

突然《とつぜん》、それまでおとなしく佐竹《さたけ》を見つめていた飼い犬がほえだした。

「な、なんだよ。おい、いったいどうした？」

いくらなだめても、犬は一向に落ちつきを取りもどさない。

佐竹《さたけ》はしかたなく犬は放っておいて、カバンの中身の整理を続けた。

犬はずっとほえつづけていたが、佐竹《さたけ》が例の人形を取りだしたあたりから、ようすがおかしくなった。

口のはしにあわをため、白目までむいている。いままでに、見たことがないほどのほえ方だった。

それにおどろいた佐竹《さたけ》は、思わず人形を持ったまま立ちあがった。すると、まるでそれを捨《す》てろといわんばかりに、さらにはげしくほえたてる。

しかたなく佐竹《さたけ》は、犬から見えないように、人形をそっとサイドボードの中にしまいこんだ。

翌朝《よくあさ》、リビングへ下りていくと、犬がクンクンと鳴いている。

そんな鳴き方をしていることはいままでになく、佐竹《さたけ》は原因をつきとめようと、部屋の中を見まわした。

佐竹《さたけ》の目に飛びこんできたのは、前日にサイドボードのおくにしまったはずの、あの人形だった。

（まさか！　いや、しまったと思ったが、おれのかんちがいか……）

佐竹《さたけ》は〝かんちがい〟ということで、その場は自分を納得《なっとく》させた。

その晩《ばん》は、外での打ち合わせが立てこんでいたため、犬のごはんと散歩を、なじみのペットシッターに依頼《いらい》していた。

そのペットシッターから、夜8時ごろになってメールが届《とど》いた。

「お伝えしたいことがあるので、お手すきのときに電話ください」

とある。

ころあいを見はからって、電話を入れてみる。

ペットシッターは、少しおびえたような声でこういった。

「お二階にどなたかおいでのようで、なんどもお声がけしましたが、返事がありませんでした。申しわけないとは思ったのですが、失礼させていただきました」

「いや、だれもいるはずありませんよ。おれがひとり暮《ぐ》らしなのはご存《ぞん》じでしょう？　かんちがいではないですか？　まさかどろぼうとか？」

佐竹《さたけ》は、なんどもかんちがいではと確認《かくにん》してみるが、ペットシッターはかんちがいではないの一点張り。

「さあ、わかりません。お二階にはもちろん上がっていませんし……。ワンちゃんのごはんは、すんですので、では……」

ペットシッターは、そういって電話を切ってしまった。

なんとも気味の悪い話だったが、万が一どろぼうだとしても、とられるものはない。とはいえぶっそうなので、佐竹《さたけ》は早めに打ちあわせをすませると、自宅《じたく》へと急いだ。

帰宅《きたく》するとすぐに、家の中をくまなく見てみるが、別段《べつだん》、変わったところは見あたらない。

（人さわがせなことだな……）

そう思いながら、その日は早々にふとんに入ることにした。

どのくらい時間がたっただろうか。佐竹《さたけ》はある物音で目が覚めた。

カコッカコッカコッ……カコカコカコカコッ
不均一でかわいた音が、階下から聞こえてくる。

板の間に固いなにかを打ちつけている……そんな感じの音だ。

もしどこかにひそんでいたどろぼうだとしたら、こちらが気づいたことを知られるとにげてしまうかもしれない。佐竹《さたけ》は明かりをつけずに、足音をしのばせながら階段《かいだん》を下りていった。音は依然《いぜん》として続いている。

しかもそれは、リビングの板の間を、走りまわるようにして、移動しているようだった。

佐竹《さたけ》は意を決して、壁《かべ》にあるリビングの照明のスイッチを入れた。

そのとたん、例の人形が目のまえで〝コトッ〟とたおれた！

あまりのタイミングに、それが人形であることを認識《にんしき》するまで、しばらく時間がかかった。

（これはただごとではない！）

そう感じた佐竹《さたけ》は、ふたたび人形をサイドボードのおくへとしまいこみ、とっとと二階へ上がると、頭からふとんをかぶって寝《ね》てしまった。

翌日《よくじつ》は、三人のいとこたちが訪《たず》ねてくる日だった。

食事をしたあと、突然《とつぜん》まいこんだ実父との別れを語って聞かせ、その晩《ばん》は、みんな佐竹《さたけ》の家に泊《と》まっていくことになった。

夜もふけ、客間に三人を通したあと、佐竹《さたけ》は自分の寝室《しんしつ》にもどり、スマホでメールのチェックをしていた。

夜のしじまに交じって、となりの客間からいとこたちの話し声が聞こえてきた。

「ほらまた聞こえる。なんなんだろう、この音……」

(音?)

気になった佐竹《さたけ》は、話し声に耳をすますが、確かになんどもそういっている。

佐竹《さたけ》は寝室《しんしつ》を出て、客間のドアをノックした。

「なにかあったのか?」

そういいながら佐竹《さたけ》がドアを開けると、三人はふとんの上にすわって、不思議そうに話しこんでいる。

「すまんな。下の階から、なにか変な音が聞こえるんだ。ほら、おまえにも聞こえるだろう?」

そういわれて佐竹《さたけ》は耳をすました。

その音には聞きおぼえがあった。

佐竹《さたけ》は、昨晩《さくばん》の不思議な話を聞かせた。その間もずっと、階下から異音《いおん》が続いている。

「からくり人形ではないんだろう？　なら、人形が歩くってのは、ありえんだろう？」

そういわれると思ったが、昨晩《さくばん》、見た光景は、人形が動いているとしか思えなかった。しかも、しまってもしまっても、いつのまにか人形が外に出ていることは事実だった。

「とにかく、この音の正体をつきとめよう」

いとこがいい、四人で足音をしのばせて階下へと下りていった。


カコッカコッカコッ……カコカコカコカコッ

明かりを消した階段《かいだん》は真っ暗で、その先から聞こえてくる〝人形の足音〟は、怖《おそ》ろしいことこの上ない。

しかも、音がだんだん大きくなっていく気がする。

先頭の佐竹《さたけ》が階段《かいだん》の中ほどに到達《とうたつ》した、そのときだった。

「そこ……なにか……ないか？」

佐竹《さたけ》のすぐうしろにいるいとこが、ふるえる声でいった。

いとこは佐竹《さたけ》の肩《かた》から手をのばし、その指先はいちばん下の段《だん》を指していた。

カコッカコッカコッ……カコカコカコカコッ

あの人形が、階段《かいだん》を上ってこようとしていた。

翌日《よくじつ》、人形は四人の手で寺へ持ちこまれ、手厚い供養《くよう》が営まれた。

その後は、なにごとも起きていない。

こたつ

これも北川さんが少女時代に体験した話だ。


北川さんは、母方の祖父母といっしょに三世代で同居していた。

家族全員で七人の食卓《しょくたく》は、机《つくえ》ひとつでは足りず、いつも同じような机を、ふたつ並《なら》べて使っていた。冬場には、こたつがふたつならぶこととなる。


ある冬の昼間のことだった。

「こたつごっこしよう！」

と弟がいいだした。

北川家の〝こたつごっこ〟とは、「せーのっ！」で、同時にこたつに顔をつっこむだけという単純《たんじゅん》な遊びだった。

それでも炭などを使った旧式のものから、ちょうど電気ごたつに買いかえたばかりの時期。電気を入れると温まる赤外線ランプと、真っ赤に染《そ》まるふとんの中が別世界に見え、その不思議な感覚が嬉《うれ》しくて、北川さんたちは、なんどもなんどもくりかえし遊んでいたという。

北川さんの右側に弟がすわり、なんどめかのこたつごっこで、がばっと頭をつっこんだときだった。

北川さんの真正面に……知らない女の子の顔があった。

おかっぱ頭で、やわらかいアーチをえがいたまゆにひとえまぶた。

スッと鼻すじが通り、うすいけれどみょうに赤いくちびると、ちょっととがったあごが印象的な、色白面長《おもなが》な顔がそこにあった。

なにいうでもなく、ただじっと北川さんを見つめている。

おどろいた北川さんは、二、三度まばたきをすると、ゆっくりとこたつからはいだした。

女の子は、弟にも見えているようで、ふたりはしばらく無言で顔を見あわせていた。しかしふたたび、ふたり同時に「せーのっ！」いうと、またこたつに顔をつっこんだ。

女の子は、まだいた。

北川さんは兄、弟の三人きょうだい、女は北川さんだけ。もちろん、だれかが遊びにきているということもない。

昼日中《ひるひなか》の、家のこたつの中……。この状況《じょうきょう》をどう考えればいいのか、北川さんは幼《おさな》いなりに必死に考えていた。

「あんた、だれ？」

そのとき、突然《とつぜん》、弟が女の子に声をかけた。

すると女の子は、北川さんをじっと見たまま、赤くうすいくちびるのはしを少し上げ、にっと笑った。

「お、お、おばけやぁーっ!!」

それを見た弟はそうさけぶと、となりの部屋にいる母の元へと飛んでいってしまった。

北川さんも弟のその声でおどろき、いったんはこたつから飛びだしたが、すぐにもぐりなおすと、まだふとんの中にいるはずの女の子の存在《そんざい》を確認《かくにん》した。

女の子は、まだそこにいた。

北川さんを見て、一瞬《いっしゅん》、「困《こま》ったな……」という表情をうかべた。

女の子の「困《こま》ったな……」は、そのまま北川さんの心に伝わってきた。

「なあ……おままごとしよ」

という言葉が自然と北川さんの口をついて出ていた。

それを聞いた女の子はにっこりと、本当に子どもらしい、とても嬉《うれ》しそうな顔を見せた。

「いまお道具持ってくるから待っててな、いっしょにあそぼ！」

北川さんは女の子にそう告げると、こたつから飛びだした。

そのとき、となりの部屋から母を連れて、入れちがいに入ってきた弟を残し、北川さんは自分の部屋へままごと道具を取りに走った。

両手いっぱいに道具をかかえ、こたつのある部屋に、もどろうとしたときだった。

「ほんまやねんてっ！　ほんまに、おばけおったんやっ!!」

そう泣きながら母に説明する弟の声をろうかで聞いて、北川さんは（ああ、もうあの子いないねんなぁ……）と直感した。

「怖《こわ》さよりさびしいという思いの方が、だんぜん大きかったのを覚えています。子ども心に、物うげな表情を見せたあの女の子に、ある種の同情心をいだいたのかもしれませんね……」

北川さんは遠い目をして、わたしにその話をしてくれた。

その後、二度とその女の子に会うことはなかった。

いまでもときおり、「おままごとしよ」といったときに女の子が見せた、嬉《うれ》しそうな顔を思いだすという。

海の霧《きり》

友人の岩井《いわい》は、十六歳《さい》のときに船舶《せんぱく》の免許《めんきょ》を取った。

正確にいうと〝取らされた〟というのが正しい。

岩井《いわい》の父親は無類のつり好きで、自分で船を操舵《そうだ》して、よく沖《おき》へつりに行っていた。

家には漁船タイプの船があり、岩井《いわい》自身も、物心ついたころから船に乗って、父親の操舵《そうだ》を間近でみていた。免許《めんきょ》も一発合格。若《わか》い岩井《いわい》に教官たちは「よく知ってるね〜」と、しょっちゅういやみをいっていたという。


「おい、船出すぞ！」

それから二年ほどたったころのこと、いつものように、とつぜん父親がいいだした。

ちなみに、この日は平日で、岩井《いわい》にはあたりまえに学校がある。

「親父《おやじ》……船出すって、今日何曜日か知ってるだろ？」

「そんなの関係あるかっ！　今日はな、潮《しお》がめっちゃいいんだ！」

父親が学校を休むのを容認《ようにん》しているのだから、しかたない。岩井《いわい》はしぶしぶ学校を休み、出船の準備にとりかかった。

その日のねらいはワラサ。成長に合わせて呼《よ》び名が変わる〝出世魚〟で、ワラサのいちばん大きくなったものが、ブリと呼《よ》ばれる。


船のエンジンを入れると、独特のしめった音がひびき、軽油のにおいがただよいはじめる。

やがて船体がぶるぶるとふるえてくると、岩井《いわい》はギアレバーをまえにたおした。

ギアの横にあるスロットルレバーをたおすと、船はぐんぐん速度を上げた。

船尾《せんび》に勢いよく航跡《こうせき》を残し、朝日を追いかけていく。

漁場まで約一時間。その間に、父親はしかけを準備する。

漁場近くに到着《とうちゃく》し、岩井《いわい》は速度を落とした。

父親が海中にむけ、しかけを投入する。

船体の左右に大きなさおを一本ずつ張りだし、さおの先端《せんたん》から糸をたらして、疑似餌《ぎじえ》を引きずる。このしかけを、岩井《いわい》の地元では〝ケンケン〟と呼《よ》ぶらしい。

つまり、ケンケンは、船を止めることができないのだ。

低速で動かしつづけながら、魚群探知機《たんち》をにらみ、魚の群れをさがす。

それと同時に、海面上を飛ぶ海鳥を探《さが》して、その鳥が海につっこむ場所を探《さぐ》る。魚はその下にいる。

船をゆらゆらと動かしながら、岩井《いわい》はひたすら、魚の群れを探《さが》していく。父はすでに、何本かつりあげていた。

昼を過ぎ、漁も後半に近づいたころ、海上に少しうねりが出てきた。

しだいにそれは大きくなり、船体が波間に入ると、周《まわ》りが見えなくなるほどだった。

黒潮《くろしお》近くの海域《かいいき》はうねりが独特で、海水そのものに、まるでねばりがあるようになるときがある。さらに、船の周《まわ》りに濃《こ》い霧《きり》まで立ちこめはじめた。

「まずいな。こんなのめずらしいよなぁ」

張りだしたさおを収《おさ》め、帰りじたくをしながら父親がいった。

この海域《かいいき》で霧《きり》に遭遇《そうぐう》するのは、きわめてめずらしかった。しかも、さっきまで快晴だったのにだ。

またたく間に視界《しかい》がうばわれていく。

他の船との衝突《しょうとつ》をさけるため、岩井《いわい》は船体のほぼ中心、そのいちばん高いところに設置された、停泊灯《ていはく》を点灯させた。さらに一定の間隔《かんかく》で霧笛《むてき》を鳴らす。

音波探知機《たんち》を使って、やってきた航路を、ゆっくりゆっくりもどっていく。

「親父《おやじ》、なんか……気味が悪くないか?」

「そうだな……。うねりはあるのに海面が静かすぎる」

操舵席《そうだ》にいる岩井《いわい》からは、船首がよく見える。その船首は、波にもてあそばれ、激《はげ》しく、しかし、みょうにゆっくりと上下している。

「おい、ちょっと止めろ!」

そういうと父親は、船首の方へ歩いていった。

「どうした? 親父《おやじ》」

「ん、いやな、船首にこう、なにかが引っかかってるように見えたんだわ……」

操舵席《そうだ》に首をかしげながらもどってくるところをみると、見まちがえだったのだろう。岩井《いわい》は、ふたたび船を走らせた。


ところが、しばらく行くと、今度は強烈《きょうれつ》な眠気《ねむけ》におそわれてきた。

「あーだめだっ、眠《ねむ》いわ親父《おやじ》……」

そういって、岩井《いわい》がとなりにすわっている父をみると、信じられないことに、すでに父は熟睡《じゅくすい》している。

「まったくもう、ふざけんなよな！」

そうつぶやきながら、岩井《いわい》は、ひとり、うねりの中を進んだ。

もうれつな眠気《ねむけ》とたたかいながら、探知機《たんちき》の画面と船首方向を交互《こうご》に見つめる。

そのとき、ある異変《いへん》に気がついた。

ゆれる船首部分に……なにかある。

「なんだあれ……？」

首をのばして目を細めてみる。

なにかまっしろい棒《ぼう》のような物がみえる。

「……！」

なんと、棒《ぼう》のようにみえたのは、二本の腕《うで》だった。

まっしろい腕《うで》が船首にはいあがろうとしているのだ。

「おい親父《おやじ》っ！　起きろっ！　おい！　おい!!」

速度をさらに落とし、岩井《いわい》は必死で父をゆりおこした。

しかし、まったく起きる気配がない。

もう一度、船首に目をやると、二本の腕《うで》は、先ほどより確実に船上へはいあがってきている。

岩井《いわい》は、あまりの恐怖《きょうふ》に、気がおかしくなりそうだった。

しかし、ここは海の上。にげるわけにもいかないし、あいかわらずの濃霧《のうむ》の中では、全速力で船を走らせることもできない。

さらにいまのこの状況《じょうきょう》では、船首から目をはなすわけにもいかなかった。

その腕《うで》が、生きた人間のものでないことは、すぐにわかった。

両肩《りょうかた》の部分は確認《かくにん》できるのだが、そこに存在《そんざい》しなければならない頭がないのだ。

(目のまえにあるものは現実ではない……)

岩井《いわい》はとにかく、そう自分にいい聞かせた。

なんども父をゆりおこすが、まるで気絶したかのように動かない。

(おれが気絶したいよ!)

そう思いながら、いったい何分間、その状態が続いていたのか……。岩井《いわい》はふと思いついた。

霧笛《むてき》だ。

眠気《ねむけ》とたたかううちに、霧笛《むてき》を鳴らすことをしばらく忘《わす》れていた。

岩井《いわい》家の船に装備《そうび》されている霧笛《むてき》は、エアー式の大音量のもので、間近で鳴らされれば、鼓《こ》膜《まく》がふきとびそうになるようなものだった。

岩井《いわい》はすかさず、スイッチを入れた。


ブバァァァァァァァッ!!

同時に、岩井《いわい》は目を閉《と》じてこう唱えた。

「すまん、連れてかえってはやれないんだ」

あとになって考えれば、なぜそういったのかわからない。

しかしそのときの岩井《いわい》の頭に、自然とうかんでいたフレーズがそれだった。

エアータンクが空になっていることからして、おそらく一分近く、霧笛《むてき》を鳴らしていたのだろう。

その音におどろいたのか、横で寝《ね》ていた父親が、ようやく目を覚ました。

「おいおい！　やめろ！　もういいから！」

目を閉《と》じている岩井《いわい》を、父が激《はげ》しくゆさぶる。

はっと我《われ》に返った岩井《いわい》は、ふたたび船首を見た。

周囲の霧《きり》は晴れかけ、そこには、ぼんやりと陸地と重なって見える船首がある。白い腕《うで》はどこにも見あたらなかった。

岩井《いわい》は父親に、先ほど見たものを説明した。

「おまえ、寝《ね》てたな？　この状況《じょうきょう》で寝《ね》るなんて、おまえはあほか！」

熟睡《じゅくすい》していた父が、船長・岩井《いわい》にどなる。

（わが親ながら、サメのえさにでもしてやろうか！）

岩井《いわい》は腹《はら》を立てながら、心底ほっとしている自分に気づいた。


「そういやぁよう……」

帰港する直前、父が口を開いた。

「なんだよ、急に？」

「いや、なんでもない。なんでもないよ……。

……ただ、しばらくあれだ、沖《おき》に出るのは、やめた方がいいかもな」

後日、父親は知りあいのお坊《ぼう》さんに、船のおはらいをたのんだ。

おそらく岩井《いわい》の父親も、あの白い腕《うで》を見ていたのだろう。

あとで父親が同日、同時刻《どうじこく》に船を出していた友人に聞くと、その海域《かいいき》に霧《きり》はまったく出ていないとのことだった。

岩井《いわい》たちが航行していた海域《かいいき》のすぐそばで、数日まえ、大型のサメに潜水士《せんすい》が食われて亡《な》くなっていたという。

床《ゆか》を鳴らす者

三度の飯よりなにより、車やバイクが好き。

そういう男が、わたしの周囲には少なく見つもっても六人はいる。そういう人間は、たいがい車やバイクのためなら、衣食住など、どんなものでもかまわないというおろか者。その無頓《むとん》着《ちゃく》ぶりといったら、病気といってもいいくらいだ。

これは、その中でも、わりと軽度といえる三枝《みつえだ》という男の話だ。

それまで住んでいたアパートが取りこわしになると聞いて、三枝《みつえだ》はあわてて同じ区内の物件に引っこしした。

見た目はごくごくふつうの、木造モルタル二階建てのアパート。

鉄製の外階段《かいだん》を上がると物干場《ものほしば》があり、その真下がバイク置き場に適しているということで、不動産屋から紹介《しょうかい》されたという。

引っこしが完了《かんりょう》してから、一週間ほど経過したころ、三枝《みつえだ》からわたしに電話がかかってきた。

「部屋のかたづけも完了《かんりょう》したんで、いっしょに飯でも食わんか？」

駐車場《ちゅうしゃじょう》が近くにないというので、わたしもバイクでいくことにした。

近所のコンビニで飲み物などを買いこみ、教えられた道すじをたどる。

目あての物件はすぐに見つかった。

見おぼえのある、大型のバイクの横に、わたしのバイクを並《なら》べて止めていると、すぐ横にある窓《まど》から三枝《みつえだ》が顔を出した。

「すぐわかったか？」

「ああ。ほらこれ、ウーロン茶とか、おかしなんかを買ってきた」

窓《まど》ごしに買い物ぶくろを手わたし、ヘルメットをはずしながら入り口へむかう。

安普請《やすぶしん》だしの、合板に木目をプリントした建具に、古きよき昭和を感じさせる、がらの入ったくもりガラス。せまく暗い玄関《げんかん》でブーツをぬごうと、やや高めに感じる上がりかまちに、わたしは腰《こし》かけた。

「わりと広いだろ?」

背後《はいご》からそう声をかけられ、つられてうしろをふりむく。

確かに広く感じられる、板ばりの台所と居間……いま風にいうとリビング・ダイニング・キッチンが広がっていた。

「何部屋あるんだここ?」

「このおくに和室が二部屋あるから、2LDKってとこだな」

「外観のボロさには比例しない造りだな」

「歯に衣《きぬ》を着せないね、おまえは」

「さして荷物もないくせに、なんでこんな広い部屋を借りたんだ?」

「部屋の間どりより、バイクの置き場が気に入った」

そう返事がきて、わたしはみょうに納得《なっとく》した。


それからしばらくは、わたしが買ってきたものを飲みながら、バイク談義に花が咲《さ》いていたのだが、日が落ちるころ、おたがいの腹《はら》の虫が鳴きはじめた。

「腹《はら》ぁすかんか?」

「すいたさ」

三枝《みつえだ》に聞かれ、わたしは素直《すなお》に答えた。

「めし、食うか?」

そういうと、三枝《みつえだ》は台所へ立った。てっきり外食するのかと思いきや、なんと家で鍋《なべ》をやるという。

「男がふたり差しむかいで鍋《なべ》もなかろう?」

わたしは思わず冷やかしたが、聞き入れてはもらえず、ありあわせの材料で、それらしいものをちゃちゃっと作って腹《はら》を満たした。

それから冷蔵庫《れいぞうこ》の中に未開封《みかいふう》の地酒を発見し、ふたりでちびちびやりながら、ふたたびバイクの話に没頭《ぼっとう》。

そして、ふと話題がとぎれたときだった。

三枝《みつえだ》が突然《とつぜん》、こんなことをいいだした。

「ここへ引っこしてきて、今日でちょうど一週間になるんだがな」

「どうした?」

「何日かまえあたりから、夜中に変な音が聞こえるようになった」

「変な音だ? どこから?」

「いまおれたちがいる、このダイニングからなんだが……」

いちばんおくの和室を、寝室《しんしつ》として使っている三枝《みつえだ》は、就寝《しゅうしん》時にはその部屋のふすまのみを閉《し》めきって寝《ね》ていた。

引っこして何日目か覚えていないが、夜中になると中間に部屋をひとつへだてたリビングから、奇怪《きかい》な音が聞こえてくるのに気づいたという。

「変な音って、どういう音だ?」

「この板の間の上をな、なにかが移動してる感じの音だ。それも〝ドンドンドンドンドン〟と一定のテンポでな。でも音の質から考えて、かたい物ではない、なにかこう、質感のある物で床《ゆか》をついてる感じなんだよ」

「移動ってことは……」

「そう、移動! 移動するんだその音が。確実にこの部屋の中をな」

今日ここに呼《よ》ばれた目的は、要するにその音の正体を、わたしにいっしょに見きわめてほしいということだったわけだ。

その晩《ばん》は深夜12時くらいに、三枝《みつえだ》が寝《ね》ているおくの間で、ふたりで就寝《しゅうしん》。すべての部屋に常夜灯を灯《とも》し、その〝ドンドン〟が来るのを待つこととなった。

正直いってこれは怖《こわ》い。

その部屋自体に、なにかの〝逸話《いつわ》〟があるとか、近隣《きんりん》にささやかれるうわさ話あるとかではないので、まるっきり見当がつかない。

しかしそこに住む本人が〝なにかがいる〟という以上、まちがいなく〝怪異《かいい》〟があるわけで、その〝得体の知れないなにか〟を、我々《われわれ》はこうして待っているのだ。

ふとんに寝《ね》ころがりながら、まったくその〝なにか〟とは無関係な話に終始する。

（なにも起きませんように……）

わたしの頭は、祈《いの》りか願いに似た思いで充満《じゅうまん》していた。しかし残念ながら、わたしの祈《いの》りは聞きとどけられなかったようだ。

三枝《みつえだ》が最近手を加えたという、自分のバイクの話をしだしたときだった。

トントントントン……

「待てっ！　い、いまなにか……」
三枝《みつえだ》の言葉に、ふたりでじっと音がした方へ、神経を集中させる。
「気のせい……」
わたしがそういいかけたときだった。

ドンドンドンドンドンドンドン！

それはふとんごしにも体感できるような、わずかな振動《しんどう》をともなっていた。ふすま一枚《まい》だけで遮断《しゃだん》された部屋の、少しはなれた位置から聞こえてくるものと思われた。
「こっ、これか？」

「これだ。これが夜中になると聞こえるんだ」

わたしたちはふとんから起きあがり、閉《と》じたふすまのまえに立ったまま、息を殺して音の行《ゆ》方《え》を耳で追っていた。

その音はとめどなくずっと続くのではなく、ときおり止まったり、ドンドンの間隔《かんかく》が空いたりしていた。逆に速まったりもしながら、しかし確実にダイニングの床《ゆか》の上を徘徊《はいかい》しているようだった。

「あ、開けるぞ」

三枝《みつえだ》がわたしの顔をのぞきこみながらいった。

「そっとな。そっとだぞ」

音が静まるのを待ち、わたしたちは、おそるおそるふすまを開け、たたみじきのとなりの部屋へと足をふみいれた。

横長に配置された八畳《じょう》間。それを横ぎるのに時間はかからず、わたしたちはすぐに、問題のダイニングが見わたせる戸口へ到達《とうたつ》した。

模様《もよう》の入ったすりガラスがはめこんである、木枠《きわく》の引き戸は、半分ほどが閉《し》まっており、それを引いて開放する。
そのとたんだった！

ドンドンドンドンドンドンドンッ!!

部屋の中央にはダイニングテーブルがあり、その上には、数時間まえにわたしたちが食べちらかし、かたづけもせずそのままになっている鍋《なべ》の残骸《ざんがい》がのっている。
とっさに音のする方を見たわたしたちは、薄暗《うすぐら》い電球の下でうごめく、真っ黒ななにかを見つけ戦慄《せんりつ》した。
その〝なにか〟は、いままさにテーブルのむこう側へと回りこみ、今度はこちらへむきかえって、わたしたちのいる側へと近づいてくる。

ドンドンドンドンドンドンドンドン……ドンッ！

わたしたちの目のまえに現れたのは、床《ゆか》の上をひざで歩きまわっている、ひとりの女だった。土気色に変色した顔に、異様《いよう》なまでにはれあがったまぶた。上くちびるがめくれあがり、舌がおしでていて、口を内部からふさいでいる。

「うわあああああああっ!!」

同時にそのようすを見てしまったわたしたちは、さけび声をあげながら、先ほどまでいたおくの和室へとってかえした。

「なっ、なんだいまのっ！　見たかおまえっ、見たか！」

「み、み、見たっ！　あんな女、し、し、知らないぞっ！　いったいだれ……」

三枝《みつえだ》がそう答えながら、開いたままになっている、ふすまのすきまを凝視《ぎょうし》したまま固まった。

わたしは思わず、本当に思わず、三枝《みつえだ》の視線《しせん》の先にある〝なにか〟にむけて、自分の視線《しせん》を移してしまった。

「うわ、うわ！　うわあああああっ！」

ダイニングへと続く、ガラスの引き戸は開きっぱなしになっており、その左側に位置する壁《かべ》側のふちから、先ほどの女が横むきにのぞいていた。

ふたりして思わず目を閉《と》じ、次に目を開いたときには、女の姿《すがた》は消えていた。そこには、しーんと静まりかえった空間があるだけだった。

わたしたちはすぐに家中の明かりをつけ、そそくさと着がえると、いったん近くのファミレスへ避難《ひなん》した。

着くなりふたりとも、水を一気に飲みほし、大きく息を吐《は》くと、三枝《みつえだ》が口を開いた。

「まさか……音の正体が、あんなモノだとは想像もしなかった」

「そりゃそうだろな。あの物件借りるときに、不動産屋からはなにか聞いてなかったのか？」

「人が死んだ部屋……とは聞いてたが」

「聞いてたのかよっ!!」

その後、日がのぼるころまで、そこで時間をつぶしたわたしたちは、大しておいしくもないコーヒーを数回お代わりして解散した。

よくこの手の話の結末には〝あとでわかったんだが〟とか、〝あとで調べてみたら〟という文言が登場する。

わたしは正直、どうやってわかったのかとつっこみたくなるのだが、三枝《みつえだ》はその後、本気で調べにかかった。

あの日、わたしと別れたあと、三枝《みつえだ》は数時間まえに見たそれを、不動産屋にぶつけにいった。

「どこの駅の近くでも見かける不動産チェーンだ。行ってみると、おれがあそこを借りたときの営業マンがいなくてな。代わりにずいぶん若《わか》いのが応対に出た。おれはこんな性格だからな、見たものをストレートにぶつけたんだが……」

それを聞いた営業マンは、顔色ひとつ変えずにこう返してきたという。

「ああ、あそこはそういう部屋なんです。ぼくも先輩《せんぱい》たちからは、『あそこは気をつけとけ』といわれてました。というより、あの事件そのものを見つけたのは、ぼくなんですが。

あの部屋には元々、若《わか》い女性がひとり暮《ぐ》らししていました。それまで家賃《やちん》の滞納《たいのう》など一度もなかったのですが、去年の秋口から年末にかけて、家賃《やちん》の支払いがとどこおったのです。

その上、なんど電話してもつながらない。そこで当時入ったばかりのぼくに、先輩《せんぱい》から『行って見てこい』の指令が出まして……。いまでもそうですが、そのころも四部屋あるうちの一室にしか、人は住んでいませんでした。

部屋のドアをノックしても返事はなく、ノブを回してみると鍵《かぎ》はかかっていなかったんで、部屋に上がったのですが……」

そこで彼《かれ》が見たものは、冷蔵庫《れいぞうこ》の扉《とびら》のハンドルに縄《なわ》をかけ、それを首に食いこませた状態で、床《ゆか》にひざをついたまま息たえた、見るも無残な女性の遺体《いたい》だった。

「冷蔵庫《れいぞうこ》は新しいものでしたので、その後に入居される方に『よろしければお使い下さい』と進言していました。確か、三枝《みつえだ》さんも使われてましたよね……？

ぼくが知ってるだけでも、ここ半年の間に四人のお客様が出ていかれました」

その話を聞いた〝五人目〟の三枝《みつえだ》も、さすがにそのあとすぐに引っこしをした。

ちょんまげ

小学四年生のころ、わたしは北海道の岩見沢《いわみざわ》という町に住んでいた。

高度成長期の余波がまだ残っている時代で、あたりには新しい建物が次々と増えていた。

そこに、ある大手電機メーカーの社屋が建つことになり、昼夜を問わず資材を積んだ大型トラックが、ひんぱんに行きかっていた。

当時のビルの建て方には特徴《とくちょう》があって、地盤補強《じばんほきょう》のために、まず地面にパイルとよばれるコンクリート製の太い杭《くい》が打ちこまれる。

この作業がおもしろく、子どもたちは、学校が終わると工事現場へ走っていって、夕方暗くなるまでその工程を見まもっていた。


その日も、わたしは友だちと待ちあわせをし、そのビルの工事現場へと自転車を走らせた。

ところが、なぜかその日は休工していて、大きな杭《くい》うち機械も、すみの方に寄せられ静かにたたずんでいた。

「なーんだ、つまんないの」

口々にそういいながら、わたしたちは顔を見あわせた。

休工日ということは、だれもいないはず。

ふだんは立入禁止の工事現場に、わたしたちはどきどきしながら足をふみいれた。

前日までに打ちこまれた杭《くい》が、地面から頭をのぞかせている。

これを読んでいる賢明《けんめい》な読者のみなさんは、決してまねをしてはいけないが、わたしたちは、まるでなにかのゲームでもするように、杭《くい》の頭から頭へ、ひょいひょい飛び移って遊びはじめた。

「あれ！　あれ見て！」

突然《とつぜん》、友だちのひとりが、すっとんきょうな声を上げ、おくの方を指さした。

見るとその一角だけ、杭《くい》が異様《いよう》に飛びだしている。

通常、杭《くい》は地面ぎりぎりまで打ちこまれ、地表から飛び出ている部分は、せいぜい50センチほど。

それがその一角だけ、2メートルほどのものが何本も飛びだしていて、まるでコンクリートでできた林のようになっている。

わたしたちはこともあろうに、今度はその上をぴょんぴょんと飛びはねだした。怖《こわ》いもの知らずもはなはだしい。

そこそこ距離《きょり》のある杭《くい》同士をジャンプしてわたっては、自慢《じまん》げにVサインなんかをくりだしていた。

と、そのときだった。


ズダダーンッ!!


少しはなれた杭《くい》の間を飛ぼうとした海老子《えびこ》が、飛びうつる際に杭《くい》をふみはずし、地面目がけてまっさかさまに落下してしまった。

落ちる際に、杭《くい》の頭に自分の頭を打ちつけ、海老子《えびこ》は横むきに杭《くい》の間に横たわったまま、微《び》動《どう》だにしない。

　これが大人の世界であれば、すぐに救急車というのが当然なのだが、当時のいなかの子どもに、そんな知恵《ちえ》は働かなかった。

「お～い、だいじょうぶか～」

　地面に横たわる友だちを見おろし、わたしたち全員、のんきににやけていた。

「う、う～ん」

　少しするとうなり声を上げながら、海老子《えびこ》はその場に起きあがった。

　頭をおさえて、少しの間、びーと泣いていたが、ほどなくすると顔を上げ、きょとんとした顔つきで、こんなことをいった。

「おれ……変なもの見た。変なもの」

「なんだよ、変なものって？」

「なに見たの？」

　そういいながら杭《くい》の上にいた子どもたちが、みんな下りてきた。

「頭を打って下に落ちた瞬間《しゅんかん》の自分を、おれ、見てたんだ。少しはなれた場所から、自分を見おろしてた。

しかも、たおれているおれの周《まわ》りには、知らない大人が何人もいて、男の人は……ちょんまげだった」

それを聞いたとたん、友人たちは大笑い。

「ほんとだって！　ほんとにちょんまげ姿《すがた》だったんだよ」

海老子《えびこ》が真剣《しんけん》に話せば話すほど、笑いのうずは大きくなっていった。


「昨日はだいじょうぶだった？　あんなに笑ってごめんな」

翌日《よくじつ》、学校で海老子《えびこ》に会うと、わたしは素直《すなお》にあやまった。すると、海老子《えびこ》はつぶやくようにいった。

「ちょんまげは本当だよ。でも、ちょっと変なんだよな……」

「どう変なんだよ？」

わたしがたずねると、海老子《えびこ》は真剣《しんけん》な表情でこう返した。

「テレビの時代劇《じだいげき》なんかでみるちょんまげと、全然ちがうんだよ。まげの部分が、なんていうかな、細いんだよな。それに小さくて、テレビみたいにりっぱじゃなかった」

正直、このときのわたしは、いったいなにをいってるんだか……くらいにしか思わなかった。

しかしそれから数年後、歴史の授業で明治維新《いしん》について学んだときに、資料集かなにかで、実際の侍《さむらい》の写真をみた。

（あのとき、海老子《えびこ》がいってたのは、こういうことか……）

そこに写っていたのは、時代劇《じだいげき》でみるかつらや、大銀杏《おおいちょう》とよばれる相撲《すもう》の力士が結《ゆ》うようなものより、ずっと細くて小さいちょんまげを結《ゆ》った男性の姿《すがた》だったのだ。

あのときの海老子《えびこ》は、自分を守るご先祖様たちを見ていたのかもしれない。

空室

友人の岩村が数年まえ、こんな体験をした。

岩村は、アパートやマンションの内装《ないそう》修復や、メンテナンスをうけおっている。

その日も仕事の依頼《いらい》がまいこみ、岩村はファックスで届《とど》いた、何枚《なんまい》かの図面をみながら、それぞれの物件の修繕《しゅうぜん》ポイントを確認《かくにん》していた。そうしながら、必要な材料を選定してそろえていく。

その中の一枚《まい》に、ふと目が止まった。

〝社宅《しゃたく》〟と書かれている。

アパートの一室を、ある会社が社宅《しゃたく》として使っていたようだ。

図面には居住年数も記されていて、そこには〝十年以上〟と書かれていた。

この依頼主《いらい》のような会社が管理している物件で、居住年数十年以上というのは、なかなかめずらしかった。

（こりゃまたずいぶんと長く住んだものだな……）

居住年数が長ければ長いほど、当然のことながら、修理や改装《かいそう》するところが多くなり、作業に手間がかかる。

岩村はその社宅《しゃたく》だった物件を、最後に回すことにした。

朝から何件かの仕事をこなし、その物件に入るころには、午後4時を回っていた。日はだいぶ西へとかたむきかけ、閉《と》ざされた雨戸を開けると、オレンジ色の西日が部屋を満たした。

部屋の中は、荷物が運びだされただけで、そのまま放置したような状態で、壁《かべ》にはタンスかなにかが置かれたあとが、くっきりと残っている。床《ゆか》もキズやへこみがあちらこちらに見てとれた。

キッチンには、ガスコンロが置かれていた場所に、かなりの使用感がある。それは家族で暮《く》らしていたことをうかがわせる、一種の〝痕跡《こんせき》〟だった。

たくさんの調味料が置かれていたのだろう、無数のビンやカンのあとがついた、変色しきったたな。たくさんの煙《けむり》や油を吸《す》いこんだと思われる換気扇《かんきせん》、数え切れないほどの洗《あら》い物《もの》をしただろう流し台……。

それらをひと通り確認《かくにん》しおえると、岩村はリビングの広い場所に道具を広げ、作業の準備を始めた。

すると突然《とつぜん》、玄関《げんかん》の方から「ただいま～」という子どもの声が聞こえた。

風を通すため、玄関《げんかん》のドアは開けっぱなしにしてある。

となりに住む子どもの声でも聞こえたのだろうと、岩村はそう思った。

すぐそのあとに、〝バタン〟というドアの閉《し》まる音が続く。

(うん、やはりとなりの部屋だな)

岩村はそれを確信すると、作業を続けた。

この部屋の作業指示書には、〝照明スイッチをすべて新しいものに交換《こうかん》〟とあり、岩村はブレーカーを落としたまま作業していた。

じょじょに暗くなっていく室内で、壁《かべ》をむいたままの作業が続く。


「ただいま～」

バタン。


しばらくすると、また玄関《げんかん》の方から同じように聞こえてきた。

（あ、もうひとり帰ってきた）

岩村がそう思っていると……


「ただいま～」

バタン。

（ははは、ずいぶん子だくさんの家庭だな）

そんなことを思いながら、すべてのスイッチの交換《こうかん》が終わり、岩村はろうか側にあるブレーカーを上げた。

同時に、暗かった部屋に、生活感のある明かりがともった。

視界《しかい》がもどり、周囲が、まんべんなく見わたせるようになったとたんだった。


「ただいま〜」

バタン。


今度は大人の男性の声だった。

(いいなぁ。一家の主人が帰ってきて、これから一家だんらん、水いらずかぁ)

岩村の頭にも、待っている家族の顔がうかび、急に温かみが恋《こい》しくなった。

「よっしゃ。さっさとかたづけて帰ろっと」

そうひとりごち、岩村はしゃがんだ状態で、道具や材料をかたづけはじめた。

バタバタバタバタッ

その瞬間《しゅんかん》、自分のすぐうしろで、だれかが走りぬける音がした。

おどろいてふりかえるが、そこには薄《うす》よごれた壁《かべ》があるだけ。

「な、なんだ？」

すると今度は、少しはなれたろうかの方で、バタバタバタバタバタバタッと、だれかが走りぬける。

「なんだっ！　なんなんだこれ!?　だ、だれかいるのかっ！」

大声でさけんでみるが、むろん答えるものはなく、ただ沈黙《ちんもく》が流れている。

岩村のいる場所からは、室内のほぼ全域《ぜんいき》が見える。

そのすべてを見わたしおわった瞬間《しゅんかん》、なんだか気味が悪くなり、かたづける手ががたがたとふるえだした。

（はやく！　一刻《いっこく》も早くここを出なければ！）

なぜか強くそう感じた。

道具の入ったバッグを肩《かた》にかけ、材料の入ったかごを持ち、早々に引きあげようとその場に立ちあがった。

すると強烈《きょうれつ》な立ちくらみにおそわれ、岩村はふたたびその場にしゃがみこんだ。

目を閉《と》じて、じんじんするこめかみを手でおさえる。

そのときだった。


「ママー今日ね、学校でね……」

「ママ、おれほら、明日から出張じゃない？　このあいだ買った、あのネクタイ知らない？」

「こらこら！　そんなに走りまわるな！」

「ほら、お手つだいしてちょうだい。テーブルくらいふきなさい」

家族の会話が、しゃがみこんだ岩村の周囲を飛びかいはじめた。

「なんなんだよ！　なんなんだよ、これ！」

しゃがんだまま耳を手でおさえ、目を開けることができずにいた。

すると先ほどのじんじんする感じが、すうっとおさまっていき、岩村を不思議な感覚が包んだ。どこかの家の家族だんらんの中に、赤の他人である自分が平然といる不自然さ……。

岩村に構うことなく、なおも家族の会話は続けられ、食器がカチャカチャぶつかり合う音や、なにかのパックを開ける音が聞こえてきた。ありとあらゆる生活音が岩村を取りかこんでいく。

我《われ》に返り、岩村は目を閉《と》じたままで立ちあがり、なんとか手さぐりでブレーカーのところまでいった。

カシャッ！

メインブレーカーを落とすと同時に、それまで聞こえていた、すべての音と会話が消えた。

ゆっくりと目を開ける。

そこには、なにひとつとして物のない、暗く殺風景な空間があるだけだった。

どういう理由で、一家がこの部屋をあとにしたのかはわからない。

だが、十年以上にわたる歳月《さいげつ》を、この部屋で過ごした家族がいて、そこには日々つつましやかなだんらんがあった。

岩村は玄関《げんかん》を出ると、〝空室〟のシールをドアにはりつけた。

ふと、となりの部屋のドアに目をむける。

そこにも、〝空室〟のシールがはられていた。

かりんとう

わたしの友人で姫路《ひめじ》に住む玲子《れいこ》が、幼《おさな》いころに体験した少し悲しい話だ。

玲子《れいこ》が四歳《さい》くらいのころ、同じアパートに、ひとりで暮《く》らしていたおばあさんがいた。とてもやさしくておだやかな人で、よくアパートのまえにすわっては、近所の小さな子どもたちが遊ぶのを、にこにことながめていた。

おばあさんは、とにかく〝かりんとう〟が大好きで、よく、子どもたちや近所の人たちにおすそわけしてくれた。

現代のように、スナックがしが蔓延《まんえん》している時代ではない。当時の庶民《しょみん》にとって、かりんとうは甘《あま》くて、おなかにもたまる、ごちそうといえるおかしだった。

そのおばあさんが、突然《とつぜん》亡《な》くなった。

だれにも看《み》とられることなく、たったひとりで旅立っていった。

おばあさんに身よりはなく、町内会でつつましい葬儀《そうぎ》を出すこととなった。

おばあさんが住んでいたアパートの部屋で、町内会の人たちが葬儀《そうぎ》のしたくを進める。ちょうど祭壇《さいだん》ができあがったときだった。

突然《とつぜん》、高校生くらいの少年が、血相を変えて、アパートの部屋に飛びこんできた。

ずいぶん取りみだしたようすで、なにか必死にしゃべっているのだが、よく聞きとれない。

少年のふるえる手には、かりんとうのふくろがにぎられていた。

町内会の人たちは、少年が、亡《な》くなったおばあさんにかわいがられていたことをよく知っていた。

「そうやそうや。あんた、ケンちゃんケンちゃんいうて、ずいぶんかわいがってもろとったもんなぁ」

「小さいときからよう遊んでもろて、さびしいわなぁ……」

何人かの大人たちが、そう声をかけたときだった。

「ちゃうんやっ！」

そうさけぶなりケンちゃんは、持っていたかりんとうを、祭壇《さいだん》に置かれたばかりのおばあさんの遺影《いえい》にかかげた。

「ばあちゃん！　ばあちゃんさっき、これぼくにくれたやんか！　うちの玄関《げんかん》のまえにすわっとったやんか！　ぼくに『おかえり』っていうてくれたやんかぁ!!」

そういうなりケンちゃんは、その場につっぷして大声で泣きだした。


ケンちゃんに、うそだとか錯覚《さっかく》だなどとは、だれひとりいわなかった。

亡《な》くなる数日まえ、おばあさんが世話になった近所の人全員に、かりんとうを配っていたのを、みんな知っていたからだ。

「なんか、お別れのあいさつみたいやったなぁ……」

ご近所同士で、そんな会話を交《か》わした。

ところが、おばあさんにいちばんかわいがってもらっていたケンちゃんだけは、その日、学校のクラブ活動でおそくなり、おばあさんと会うことができなかったのだ。

おさなかった玲子《れいこ》も、おばあさんから、なんどとなくかりんとうをもらった。
大人になったいまでも、かりんとうを食べる度《たび》に、この話を思いだすそうだ。

仏壇《ぶつだん》

三十年近くまえになるが、友人の林田が、まだ小学生の子どもと妻を残して、二十五歳《さい》の若《わか》さで亡《な》くなった。

夜、ふだん通りに床《とこ》につき、朝になったら冷たくなっていたという。

検死の結果、心臓発作《しんぞうほっさ》とされたが、結局、死因は判然としなかった。

妻の恵規《さとみ》も、わたしとは旧知の仲だった。

恵規《さとみ》はずいぶん早くに両親を亡《な》くし、天涯孤独《てんがいこどく》の人生を歩む人だったが、十九歳《さい》で林田と結《けっ》婚《こん》。それからはおだやかな日々で、ふたりはおしどり夫婦《ふうふ》だった。

悲しみにくれながら、わたしは通夜《つや》、葬式《そうしき》に参列し、林田をねんごろにとむらった。

それから一週間もたったころ、恵規《さとみ》が訪《たず》ねてきた。

「あんた、うちの人とよくお化けの話、してたでしょう？　あたしは無神論者《むしんろんしゃ》だし、そういったことにも全然出会ったこと、ないんだけどね……」

真剣《しんけん》な面《おも》もちで、恵規《さとみ》がこんなことを話しだした。

「なんだ？　なにかあったのか？」

「うーん……」

（これはなにか起こっているにちがいない！）

なんだか物いいたげなのに、言葉をにごしている恵規《さとみ》を見て、わたしは直感した。

「お位牌《いはい》がね……」

「位牌《いはい》？　位牌《いはい》がどうした？」

林田は生前「おれは次男だから」などと理屈《りくつ》をつけて、家には仏壇《ぶつだん》の類《たぐ》いをいっさい置いていなかった。

林田が亡《な》くなり、恵規《さとみ》が自ら買いもとめ、葬儀《そうぎ》のあとに急ぎ自宅《じたく》に届《とど》けてもらったという。

「お位牌《いはい》がね、朝になると一段《だん》下に下がってるのよ……」

仏壇《ぶつだん》の中というのは、通常三段《だん》になっている。

恵規《さとみ》の話によると、いちばん上の段《だん》に置いたはずの林田の位牌《いはい》が、朝になるとひとつ下の二段《だん》目に下りているというのだ。

「恵規《さとみ》、いくらなんでもそりゃ……かんちがいじゃないのか？　子どもがいたずらしてるとか？」

「例えば、二十段《だん》も三十段《だん》もあるならまちがえもするけどさ、たった三段《だん》しかない段数《だんすう》を、どうやったらまちがえられるのよ？　子どもにだって確かめたけど、絶対にそんなことはしてないって……」

確かに恵規《さとみ》のいう通りだ。子どもも、もう小学生で、父親の位牌《いはい》を粗末《そまつ》にあつかうような、イタズラをするようには見えなかった。

「なにかの振動《しんどう》で落ちたなら、まっすぐは立っていないでしょう？　それがちゃんと、元々そこに置いてあったように、二段《だん》目にきちんと立ってるのよ……」

とにかくその時点では、なにかできるわけでもなく、とりあえずようすを見るようにいって、わたしは恵規《さとみ》を帰した。

それから三日ほどたった真夜中、恵規《さとみ》から電話がかかってきた。

声のようすは変に落ちつきがなく、電話口でため息ばかりついている。

「こんな時間なんだけど、いまから行っちゃ迷惑《めいわく》だよね？」

「またなにかあったんだな？」

「ごめん、とてもじゃないけど、ここに、いまひとりじゃいられない」

「ひとり？　子どもはどうした？」

「今日は、あの人の親のところに泊《と》まりにいってるから」

すぐ来るように伝えると、恵規《さとみ》は車を飛ばして三十分ほどでやってきた。

転がりこむように、わたしの部屋に飛びこんできた恵規《さとみ》は、開口いちばん、そういった。

「家にあの人がいる!!」

「どういうこと!?」

「ひとりでいるのが、むしょうにさびしくなって、あの人が元気だったころに撮《と》った、一本だけあるホームビデオを見てたの。

場面が切りかわって、あの人が死ぬ何日かまえに撮《と》った、あたしの誕生会《たんじょうかい》のシーンになった。

そこでね、お祝いに来てくれてた、あの人の同僚《どうりょう》が『林田の誕生日《たんじょうび》って来月だよな？』っていうところで、あの人が『ちがうって。おれの誕生日《たんじょうび》は1月だよ』って返したあと、『ああ、そうだったな』『まったく、まちがうなよ～』って続くのね……。

突然《とつぜん》その部分で、画像がおかしくなったの。

なんどもなんども『まちがうなよ……まちがうなよ……まちがうなよ』ってくりかえしだしたのよ！　それであたし、大事なテープなのに、巻《ま》きこんだりしたら大変だと思って、イジェクトボタンをおしたの。当然、テープが出てきた……。

なのに『まちがうなよぉぉぉぉ』って聞こえてきたのよ！　おどろいて思わず声がする場所を探《さが》したら、それ……仏間なのよ」

恵規《さとみ》はおそるおそる仏間へ近づき、ふるえる手でふすまを開けてみたが、そこに人の気配はなかった。

「ただね、たいた覚えのない線香《せんこう》の香《かお》りが、むせかえるほど充満《じゅうまん》してた。仏間に入って、壁《かべ》にある照明のスイッチをおそうとしたとたん、おくにある仏壇《ぶつだん》の方から『コーンッ!!』て、ものすごい音がひびいて……。びっくりして、あわてて照明のスイッチを入れるとね……」

今度は、位牌《いはい》が完全に仏壇《ぶつだん》の外に出ていたという。

これはただごとではない。

林田は、なんのまえぶれも予兆もなく、突然《とつぜん》旅立たなくてはならなかった。だからなにかよほど伝えたいことがあって、アピールしているのだろうと、わたしはその時点では考えていた。

とにかくその日は朝まで話しこみ、日がのぼるとすぐにふたりで、恵規《さとみ》の家へむかった。

「悪いね、一睡《いっすい》もさせないで」

「おたがい様だろ？」

そんな会話も家へ着いたらなくなり、息を殺して、おそるおそるドアを開ける。

玄関《げんかん》からろうかを通り、リビングをぬけ、そのむこうにある仏間に到着《とうちゃく》した。

「いい？　開けるわよ」

「あのさ、別に怖《こわ》いものがいるわけじゃあるまいし……。たとえどうあったって、おまえのだんなだろ」

「そうだけどさ、怖《こわ》いものは怖《こわ》いんだって！」

ふすまを開け、恵規《さとみ》はすぐに壁《かべ》にある照明のスイッチを入れる。


「なっ!!」

わたしは唖然《あぜん》として、声をなくした。

なんと、なんとだ、恵規《さとみ》が〝仏壇仏壇《ぶつだんぶつだん》〟とさわいでいたものは、あろうことか〝神棚《かみだな》〟だったのだ！

「おまっ、おまっ、おまえっ!!　ばかなのか!?」

「ちょっと、どういうことよっ！」

「これじゃ、あいつも、おちおち『永眠《えいみん》』できないだろうが！　神様の真横に位牌《いはい》置かれりゃ、あいつじゃなくても『まちがうなよ〜』っていいにくるって！」

その後わたしは、恵規《さとみ》にとくと神棚《かみだな》と仏壇《ぶつだん》のちがいを説いた。

恵規《さとみ》が理解するまでずいぶん往生したが、それから、わたしがつきそって仏具屋へいき、小さいながらもちゃんと〝仏壇《ぶつだん》〟を購入《こうにゅう》させた。
そのあとはなにも起こっていない。

湖の女

もう三十年以上まえのことになる。

当時の若者《わかもの》たちの必須《ひっす》アイテムに、パーソナル無線というのがあった。

家電製品各社がこぞって発売し、車好きだけでなく、固定局といわれる家に置く方式の無線機も増加して、一大ブームを作っていた。

携帯《けいたい》電話もスマホもない時代、いま思えば外で連絡《れんらく》をとる手段《しゅだん》として、大流行したのもうなずける。

わたしもその流れに乗り、自分の車に無線機を搭載《とうさい》して、休みともなれば、さまざまな場所へドライブに出かけた。

人間は、とくに若《わか》ければ若《わか》いほど、同じ嗜好《しこう》を持った者同士が集まりたがるもの。無線ブームのときにも、さまざまなサークルや同好会がそこかしこにできて、社会現象にさえなっていたほどだ。

そのころのわたしは、あるスポーツカーにほれこんでいて、同じ車に乗る友人たちと、無線をからめたサークルを運営していた。

「明日は休みだし、今夜あたりS湖へ走りにいかないか?」

その日、仕事が終わったわたしは、サークルのメンバーに無線を飛ばした。

北海道の住人ならだれもが知るS湖は、おそろしいほど水が澄《す》み、一大観光スポットだったが、その反面、熊《くま》による痛《いた》ましい被害《ひがい》や、入水《じゅすい》自殺があとをたたないという面も持ちあわせていた。

「おお、いいねいいね。参加するよ」

そういって無線で返してきた仲間は五人。

それぞれパートナーをともなってくるので、合計十名が参加する予定になっていた。

すると、参加者のひとりである川村から、無線が入った。

「神山もさそってやったら?　車はちがうけど、いっしょに行ければ楽しいだろ?」

みんなも賛成してくれたので、わたしは神山の仕事先に電話を入れてみた。

「おお、行く行く！　おれはみんなと逆方向だから、途中《とちゅう》まで別ルートになるけどな。湖には何時に到着《とうちゃく》予定？」

「それぞれ、飯食ってからくるけど……11時ごろには着きたいな」

「11時かぁ、そりゃちょっと間に合わないな。1時間くらいおくれるけど、必ず行くから待っててよ！　いつもの自販機《じはんき》のとこな？」

神山がいう〝いつもの自販機《じはんき》〟というのは、湖の駐車場《ちゅうしゃじょう》に設置された自動販売機《はんばいき》のことで、そこには五、六台が並《なら》んで置かれている。

当時このあたりには、街灯の類《たぐ》いがいっさいなく、唯一《ゆいいつ》の明かりがこの自動販売機《はんばいき》。夜でもよく目立つので、わたしたちは普段《ふだん》から、そこを目印にすることが多かった。

食事をすませ、街中で集合したわたしたちは、市街地をぬけ、じょじょにさびしくなっていく峠道《とうげみち》へと車を走らせる。

湖へは、予定通り11時少しまえに到着《とうちゃく》した。

〝いつもの自販機《じはんき》〟のまえに集まって、みんなで車談義に花を咲《さ》かせていた。

ときおり、同じような車に乗った若者《わかもの》が通る以外、この時間ともなると、めったにここを訪《おとず》れる者はない。

自販機《じはんき》の明かりだけが暗闇《くらやみ》に灯《とも》るなか、1時間ほどが経過しただろうか。遠くから、ツインカムエンジンのかわいたサウンドが聞こえてきた。

「お、神山来たんじゃない？　この音そうだろ？」

だれかがいいおえないうちに、駐車場《ちゅうしゃじょう》の入り口を一台の白い車が下ってきた。

「おお来た来た、いってた通り、だいたい1時間おくれだね」

わたしたちがここにくるときには、いつも一段《だん》上の駐車場《ちゅうしゃじょう》に車を止めている。神山もよくそれは知っているはずだが、今日はそのままの勢いでわたしたちのいるところへとむかってきた。

「いやいや、おそくなっちゃって悪いねー」

窓《まど》をあけながら、みょうにニコニコして神山がいった。

「おう、待ってたよ。車、上の段《だん》に置いてこ……」

そういいかけて、わたしはぎょっとした。

助手席に女が乗っている。

「そうだったな！　悪い悪い」

そういいながら、神山が車を上の段《だん》へ移動させている間、仲間たちはお祭りさわぎになった。

「おいおいおい！　あの神山が女連れてるぞー！　これは事件でしょう！」

そうなのだ。

神山は車にかまけてばかりで、いままでに彼女《かのじょ》を連れているところなど、一度も見たことがなかった。

でもわたしだけは、なんだか素直に喜べない気がしていた。

その〝彼女《かのじょ》〟のようすが、あきらかにふつうではないのだ。

神山がわたしたちのまえに姿《すがた》を見せたとき、助手席に乗った彼女《かのじょ》はこちらをむいていたが、異様《いよう》なほど開ききった目を上目づかいにし、じっとりと我々《われわれ》を見すえていた。笑顔《えがお》ひとつない表情で……。

彼氏《かれし》の友人たちが集まる場に初めてきたら、「こんばんは」とか「初めまして」とかいう、愛嬌《あいきょう》があるのがふつうだろう。さきほどの彼女《かのじょ》は、愛嬌《あいきょう》どころか、あきらかに異様《いよう》な表情をしていたのだ。

しかしそれに気づいたのはわたしだけとみえ、他のみんなはといえば、「神山に女ができた、女ができた！」と、うかれまくっている。

上の駐車場《ちゅうしゃじょう》に車を止めた神山が、こちらへと歩いてくる。しかし横に〝彼女《かのじょ》〟の姿《すがた》がない。

「おいおい、彼女《かのじょ》はどうしたのよ？」

「ん？　いや、車にいるっていうから」

「車にっていったって、5分や10分で帰るわけじゃないんだぞ。呼《よ》んでやれよ」

わたしはそううながしたが、「いいんだいいんだ」といって神山はゆずらない。

そのうち「どこで知りあった？」「何歳《なんさい》？」「名前は？」と仲間たちの質問ぜめが始まってしまった。

ところが……。

返ってきた神山の答えに、みんな面くらった。

「……知らないんだ。名前も年も……」

「待て待て！　知らないってどういうことだ？　夜中にこんなとこまでいっしょに来ていて、名前もなにも知らないってのか!?」

「ここへ来る途中《とちゅう》、最後の信号があるだろ？　あそこで……乗せたんだ」

神山の話はこうだった。

神山だけは、みんなとは逆方向に住んでいる。神山の住んでいるところから、この湖へ来るためには、Tという滝《たき》の横を通り、わたしたちが通って来た道と、途中《とちゅう》で合流する。最後の信号というのは、その合流地点にあり、そこから先は湖に到達《とうたつ》するまで信号はひとつもなかった。

神山はそこで赤信号に引っかかり、左ウインカーを出しながら、信号待ちをしていた。すると突然《とつぜん》、左の窓《まど》をノックする者がある。おどろいてそちらをむくと、そこにあの彼女《かのじょ》がいた……というのだ。

「窓《まど》を開けたら、『どちらまで行かれますか？』っていうんだ。だから『S湖まで行くけど』っていったら、『乗せて行っていただけませんか？』っていうんで乗せてきた」

返す言葉がなく、みんな口をぽかんと開けて、神山をみつめている。

ようやくわたしが口火をきった。

「で、となりにすわって、ここまで約1時間、なんの話もしないで、だまったままなのか彼《かの》女《じょ》？」

「ま、まぁそうだな。うん、そんな感じだ。正直ここまで来たのだって、なにが目的だったかはわからんし……」

来たくないなら、無理に連れて来るわけにもいかないという神山を、わたしたちは話の輪に入れ、ふたたび車の話に花を咲《さ》かせていた。

それから1時間も経過したころ、わたしはさすがに、神山が連れてきた彼女《かのじょ》が気になりだした。

「神山さ、彼女《かのじょ》、そろそろ、のどでもかわいてるんじゃない？　さすがに、ぼちぼちこっち呼《よ》んであげたら？」

わたしがそういうと、神山は腰《こし》を上げ、自分の車にむかって歩いていった。

一段《だん》上の駐車場《ちゅうしゃじょう》は、いまわたしたちがいるところから、1・5メートルほど上にあり、わたしたちの目線と、ほぼ同位置になっていた。

神山はその1・5メートルほどの土手を登って、車のところにいくと、開けたままになっている運転席側の窓《まど》から中をのぞいた。

「なにやってんだ、あいつ？」

神山のようすを見ていたひとりがいった。

神山は運転席のドアから回りこんで、今度は助手席のドアを開き、なにかを捜《さが》すように、車の周囲を歩きまわっている。

「なにやってんだー？」

わたしは声をかけてみた。

「あ、あれ!?　おっかしいな、あれー？」

わたしたちは、全員で神山の車へかけよった。

「あれ!?　あの子……どこ行ったんだよ？」

助手席に乗って待っているとばかり思っていた彼女《かのじょ》の姿《すがた》がない。

みんながいる目のまえから、忽然《こつぜん》と姿《すがた》を消している。

「おいおいおい！　どこ行ったんだよ彼女《かのじょ》はよ！　ただごとじゃすまないぞこれは！」

「えっ!?」

わたしの言葉に、神山がすっとんきょうな声をあげた。

「『えっ』じゃないだろおまえ！　どこのだれともわからん女の子が、こんな夜中に湖のほとりでいなくなったんだぞ！　『その辺捜《さが》したけど、いないから帰っちゃおう』じゃすまんだろう」

神山を責めていても始まらない。とにかくみんなで、周辺をくまなく捜《さが》すことにした。

捜《さが》すといっても、名前もわからないのでは、呼《よ》ぶことさえできない。

しかも満足な明かりさえない広範囲《こうはんい》な場所を、適当に歩きまわって容易に見つかるはずがないことは、そこにいるだれもが感じていた。

40～50分も歩きまわっただろうか。

わたしたちは一様に精も根もつきはて、最終手段《しゅだん》に出ることにした。

「神山。そこに公衆《こうしゅう》電話があるだろ？　こうなったらもう、他に手段《しゅだん》はないぞ。そこから警察《けいさつ》に電話して、ことのしだいを打ちあけろ」

大変なことになったと思った。

ここは入水《じゅすい》自殺もあとを絶たない、悲しいニュースが報じられる場所だ。

もしかすると彼女《かのじょ》は、それが目的でここまでの道中を、神山に委《ゆだ》ねたのかもしれない。そこにいるだれもが、同じことを想像していた。

神山が110番通報したあと、わたしたちは警察《けいさつ》の到着《とうちゃく》を、自販機《じはんき》のまえで待っていた。

その間も交代で方々を捜《さが》してみるが、ようとして彼女《かのじょ》の行方《ゆくえ》はしれなかった。

沈痛《ちんつう》な面《おも》もちのまま数十分が経過し、時計の針《はり》は、すでに午前2時を指していた。


それからしばらくして、真っ暗な道を、遠くから複数の赤色灯が近づいてきた。

「えーと、通報を入れてくれたのはだれかな？」

パトカーから降《お》りてくるなり、警官《けいかん》がいった。

神山がそれに対応し、彼女《かのじょ》との〝出会い〟からいままでのことを、細かく説明していく。

しかし、警官《けいかん》たちもわたしたちと同じ疑問《ぎもん》をいだいた。

「君ね、いってることがよくわからないよ。途中《とちゅう》で乗せてきて、名前もなにもわからないって……。犬や猫《ねこ》を拾ってきたわけじゃないんだぞ。人として最低限の約束ごとってあるだろう、ちがうか？」

神山はなにも答えられず、うなだれている。

「とにかく、いまはここに君らがいても、なんの解決にもならん。もうこんな時間だから、とりあえず今日は帰りなさい。あとは我々《われわれ》が引きつぐから」

わたしたちは、求められるまま免許証《めんきょしょう》を提示し、それぞれの連絡《れんらく》先を告げて、その場をはなれた。

うしろ髪《がみ》引かれる、なんともいやなドライブ……。

そんな思いで車を走らせる。

「死んでなきゃいいが……」「いったいなんの目的で……」「どこにかくれてるんだろう？」

無線から流れてくるのは、そんな話ばかりだった。

その間、神山からは、ひと言もコメントは流れてこなかった。

ただみんなのやりとりを、だまって聞いているのだろう。

六台のエンジン音が、真っ暗な峠道《とうげみち》にこだましては消えていく。

1時間ほど走ると、神山が彼女《かのじょ》を乗せたという信号が見えてきた。

「みんな、今日は本当にごめんね。おれ……そこの信号を右に折れるから」

ようやく神山から無線が入った。

「おう、気をつけて行けよ！　そっちの道は、まだそこからしばらく峠《とうげ》が続くからな」

わたしはできるだけ明るい口調で、神山にいった。

「ありがとう！　また連絡《れんらく》するよ。みんなも気をつけて！」

そういうと、神山はひとり滝《たき》の方へと曲がっていった。

わたしたち五台の車は左へと進み、神山の車との距離《きょり》がしだいにはなれていく。

はなれればはなれるほど、無線の電波状況《じょうきょう》は悪くなる。

神山と別れ、ものの5分もたたないうちに、無線にガサガサというノイズが入るようになった。

ボリュームを最大にして耳をすます。

とぎれとぎれに、神山の発する声が聞きとれた。

「みん……な、どこまで……行った？」

「どうした神山？　まだそんなに進んでないぞー！」

「こっ……ち、も……どっ……てき……」

「なに？　なんだって？　神山！」

「こっ……ちにもどっ……てきて……くれ」

すりきれ寸前《すんぜん》の無線だが、神山は確かに〝もどってきてくれ〟といった。

ちょうどすぐ先に、道が広くなった部分があり、そこで全員がUターン。

信号までふたたびもどり、そのまま直進し、神山がたどった峠道《とうげみち》を上っていく。

それから、なんど無線で呼《よ》んでも神山の応答はなく、なんとなくではあるが、わたしはいやな予感がしていた。


しばらく進むと、道の左いっぱいに寄せて、神山の車が止まっているのを発見した。

街灯のない道であるにもかかわらず、なぜかライトは点《つ》いておらず、ハザードランプのみが点滅《てんめつ》している。

わたしたちは、神山の車のうしろにぴったりと寄せて車を止めた。ぞろぞろと車から降《お》りて、神山がすわっているはずの運転席側へと回りこむ。

「こんな場所に止まって、どうした神……」

そういいながら近づき、運転席をのぞいたとたん、わたしは雷《かみなり》にうたれたかのような衝撃《しょうげき》を受けた。

助手席に……あの女が乗っている。

「え……か、神山、なんで？」

シフトレバー上に置いた神山の左腕《ひだりうで》を、女は両腕《りょううで》でぎゅっとつかみ、数時間まえに見たのと同じ、異様《いよう》なまなざしをこちらにむけて凝視《ぎょうし》している。

他のメンバーもその顔を直視《ちょくし》したようで、うしろでは女の子たちが悲鳴にも似た声をあげていた。

「か、神……山、おまえ……」

わたしは声にならぬ声を発し、女の方に視線《しせん》をむけた。

すると今度はにんまりと、口だけを動かして笑って見せた。

「ここ……歩いてたんだよね」

神山がいった。

あきらかに普段《ふだん》とはちがう話し方。顔の表情や目のむきも尋常《じんじょう》ではない。

「神山っ！　冷静に考えろ、いいか、湖からここまで、人が歩いて何時間かかると思ってんだ！　ましてや街灯もなにもない峠道《とうげみち》だぞっ、神山っ！」

わたしがそういった次の瞬間《しゅんかん》、神山は突然《とつぜん》エンジンをふかすと、ものすごい勢いで峠道《とうげみち》を登っていってしまった。

残されたわたしたちは茫然自失《ぼうぜんじしつ》し、ただただ山間部にひびきわたる神山の車のエンジン音だけを聞いていた。

翌日《よくじつ》、夕刊にこんな記事が掲載《けいさい》された。

〝今日、午前5時ごろ、〇〇峠《とうげ》において、乗用車がセンターラインをはみだし、まえから来た大型トラックと正面衝突《しょうとつ》。運転していた神山〇〇さんは即死《そくし》……〟

神山はあのあと、少し先にある急カーブで死んでいた。

わたしたちをおきざりにした場所から、わずか10分ほどの距離《きょり》。わたしたちと別れたのは、午前3時すぎだった。

2時間ほどの空白の時間、神山はどこでなにをしていたのだろうか。
葬儀《そうぎ》におもむいた際、神山の親御《おやご》さんにわたしは確認《かくにん》してみた。
事故を起こしたとき、神山はひとりだったという。

サイン帳

子どものころ、我《わ》が家は引っこしが多く、わたしはなんども転校をくりかえした。だから同《どう》窓会《そうかい》らしい同窓会《どうそうかい》には、参加したことがない。

これはそんなわたしが体験した、いま思っても不思議でならない話だ。

2004年の夏、わたしは小学校時代の友人・青島といっしょに、北海道行きの飛行機に乗っていた。

青島とは二年半ほど同じ小学校に通った仲だが、卒業すると同時にわたしが引っこしてしまったため、在学中もそのあとも、ほとんど交流を持ったことはなかった。

ところが、大人になって、ひょんなことで再会、同じ車の趣味《しゅみ》があることがわかって以降《いこう》、行き来が続いている。人の縁《えん》とは、実に不思議なものだ。

ある日、青島から思いがけない連絡《れんらく》がきた。

「実はな中村。おれたち四年に一回、中学のころの同期で集まって、同窓会《どうそうかい》をしてるんだ。主《しゅ》催《さい》は、おまえもよく知ってる追分《おいわけ》だ。

それでな、この間、その追分《おいわけ》と電話で話していて、おまえの話題になったんだ。そうしたら追分《おいわけ》が『中学はちがったって、同じ小学校だったんだから、次の同窓会《どうそうかい》に中村も連れてこいよ』っていうんだよ」

同窓会《どうそうかい》にいったことがないわたしは、小おどりして喜んだ。

「会場はおまえもよく知ってる、岩見沢《いわみざわ》のSホテルだ。なんとか予定あけて、ぜひ参加してくれよ」

友だちというのはいいものだ。この年になって、まさかこんなめぐりあわせがあるとは思わなかった。

わたしはさっそくスケジュールをやりくりして、こうして生まれ故郷《こきょう》にむかって飛びたつこととなった。

大きなホテルの大広間を借りきった会場に着いてみると、なつかしい顔がそこかしこにすわっている。

旧友との再会は、それぞれの近況報告から思い出話へとつながっていき、あちらこちらで話に大きな花が咲《さ》いていた。

ビールを少々いただいていたわたしは、話が一段落《いちだんらく》したところで、トイレへ立った。

会場を一歩出ると、それまでの混雑が一気になくなり、そのにぎわいとは裏腹《うらはら》に、がらんとしたさびしい空間が広がっていた。

トイレへ入り、わたしが用を足していると、ひとりの男性が入ってきて、わたしの左側に立った。

ふと顔を見てみる。

それこそなつかしい笑顔《えがお》がそこにあった。

それは小学校のときに同じクラスだった、高田に他ならなかった。

「おう！　なつかしいな。元気にしてたか？」

わたしがそういうと、高田は目をふせて、うんうんとうなずいた。

そして、一足先に会場へもどっていった。


トイレから出て会場へともどると、わたしはすぐに、たったいま再会した高田の姿《すがた》を捜《さが》した。

会場内はとにかくごったがえしていて、目をこらして捜《さが》してみるが、なかなか高田を見つけだすことができない。

「おお~こりゃまた、なつかしい顔だな!」

そうしているうちにも、わたしのテーブルには、次々と旧友たちが来訪《らいほう》してきて、結局、その日は最後まで高田と話す機会には恵《めぐ》まれなかった。


数日後、東京へもどったわたしは、インターネットを検索《けんさく》中に、たまたま興味深いサイトを発見した。

それは、学校名・卒業年を登録しておくと、同窓生《どうそうせい》のリストが作成できるというもの。

すでにわかっているパーソナルデータを入力すると、リストをどんどん増やしていけることも魅力《みりょく》だった。

わたしは、同窓会《どうそうかい》で再会した女性に電話をかけて、同窓会《どうそうかい》の参加名簿《めいぼ》を送ってもらうことにした。

といっても、わたしはその中学の同窓生《どうそうせい》ではないので、少々めんどうだが、わたしの出身小学校の卒業生に目印をつけてもらうようたのんだ。

わたしに根負けした女性は、それを引きうけてくれて、数日後、彼女《かのじょ》から一通の封書《ふうしょ》が送られてきた。

さっそく開封《かいふう》して、名簿《めいぼ》に書かれた名前を追っていく。

名簿《めいぼ》には、名前・現住所・電話番号などが記されており、最後の欄《らん》には〝その他〟とある。

〝その他〟欄《らん》のほとんどは、結婚《けっこん》して姓《せい》が変わった者の〝旧姓《きゅうせい》〟が書かれていた。

わたしは目印のついた名前を見ては、なつかしい思いで次々にページをめくっていった。

名簿《めいぼ》も最後のページに近づいたころ、高田の名前がようやく出てきた。

「おう、あったあった。どれどれ、やつはいまどこに住んで……」

高田の名前に続く欄《らん》には、なにも書かれていなかった。

名前のあとに続くはずの現住所も電話番号も、空白になっている。

わたしは〝その他〟に目をむけた。

「なっ！　……なんで？」

そこに書かれていたのは、〝死亡《しぼう》〟のふた文字。

わたしはすぐに、名簿《めいぼ》を送ってくれた女性に電話をかけた。

「もしもし、ああおれ、中村だけど」

「はいはい、ああ中村くん？　名簿《めいぼ》は届《とど》いた？」

「うん、ありがとう。実はその名簿《めいぼ》のことで、ちょっと話があるんだわ」

「なに？　どうしたの？」

「同じクラスだった高田な。あいつが『死亡《しぼう》』になってるぞ。これはまずいだろー」

「まずいって……なんでまずいのよ？」

「いやおまえ、なんでって……」

しばらく沈黙《ちんもく》したあと、彼女はこういった。

「高田くん、去年死んだんだよ」

「なっ、なんだって！」

そこでわたしは、先日の同窓会《どうそうかい》会場のトイレで、高田と再会したことを伝えた。

「そう。そうなんだね……高田くんと……う、うう」

わたしの話を聞いた彼女《かのじょ》は、電話口で泣きだした。

「高田くんね、急性の白血病だったのよ。わたしたちもなんどかおみまいに行ったんだけど、その度《たび》に『中村に会いたいなぁ』って、死ぬ間際《まぎわ》まで、あんたの名を口にしてた……」


電話を切ったわたしは、しばらくの間、呆然《ぼうぜん》としていた。

小学五年生のころ、高田はわたしのいるクラスに転入してきた。

自己紹介《じこしょうかい》するときに、変にオドオドとして、落ちつきがない子どもだったが、わたしは初めて見る転校生を、（ああ、おれと同じだなぁ）と思いながら見ていた。

高田も、わたしとのそんな思い出を持っていてくれたのだろうか。

最後までわたしの名前を呼《よ》んでいてくれた、高田の旅立ちの場にいられなかったことを思うと、わたしはやり切れない思いでいっぱいになった。

たんすのおくにしまってあるはずの卒業アルバムを、わたしは捜《さが》した。

「確か白い紙ぶくろに……ああ、あったあった」

それはすぐに見つかった。

紙ぶくろの中をのぞくと、アルバムよりふた回りほど小さい、厚めの冊子《さっし》のようなものがいっしょになっている。

引っぱりだしてみると、それはサイン帳だった。

卒業間近になったころ、学校にみんなで持ちより、ひとり1ページずつ、それぞれに好き勝手なコメントを書きあった。

「そうだ！　確かこれには、高田もなにか書いていてくれていたはずだ！」

高なる鼓動《こどう》をおさえながら、ページをめくっていく。

そこに高田の書いた、まるでいたずら書きのようなコメントがあった。

「まったく……へたくそなマンガなんか書きやがって……。ん、これ……うそだろ!?」

高田が書いたページの、いちばんすみの部分。そこには、こう書かれていた。

「２００４年にまた会おうな」

みこし

二十年ほどまえのこと。あるバーで知りあった、葉子という女性から不思議な話を聞いた。

葉子とはなんどかその店で会ったことがあったが、その日は初めて意気投合し、たがいの出身地などの話でもりあがった。

「わたし以前、○区に住んでたの」

「おれも昔、そこにいたことあるよ」

と、その区にある建物や街なみの話でもりあがった。

葉子はそこの生まれで、のちに神奈川県《かながわ》に引っこしたという。

「おれは山手線が見えるマンションで、学校はここで、神社がそばにあって……」

「うん、知ってる知ってる！」

それからもしばらく、その場所の話が続いた。

まるで、昔からの友人と再会し、なつかしく語っているような気がしてきて、話に花が咲《さ》いていく。

ところが、ある話から流れが変わっていった。

「○○っていう公園知ってる？　○○町の……」

葉子がその公園の名前を出したあたりから、わたしの知らない場所が続くようになった。

なんといっても、小学生のころの話である。

周辺をすべて散策《さんさく》して回ったわけではないので、いまにして思えば、知らない場所があってあたりまえなのだが、しばらくの間、わたしはだまって彼女《かのじょ》の話を聞いていた。

しかし葉子の話は、じょじょに不気味な様相をていしていく。

その町にある公園に、葉子はひんぱんに遊びにいっていた。

彼女《かのじょ》は高校生のころ、親と折りあいが悪く、本を持ってその公園へ行っては時間をつぶし、親が寝《ね》しずまったころを見はからって、そっと家へ帰っていたという。

お気に入りの場所は、パンダの形をした遊具で、葉子はいつもそれにすわり、ヘッドフォンで音楽を聞きながら、お気にいりの本を読むのが至上《しじょう》の楽しみだった。

ある日、思いのほか学校からの帰りがおそくなってしまった。

それでも家に帰りたくない葉子は、いつもの公園に立ちより、パンダにすわって本を読んでいた。

公園内にはだれもおらず、葉子はいつも通り、音楽と読書に夢中になっていた。

と、突然《とつぜん》、周囲がざわめきだしたような気がして、ふと顔を上げた。

すると、みこしを担《かつ》いだたくさんの男たちが、「わっしょいわっしょい」とかけ声をかけながら、公園の中へ入ってくるのが見えた。

(へえ、この時季におみこし？　お祭りでもやってるのかしら？)

それを見た葉子は、特に不思議な感情はいだかなかった。

ところがだ。

そうこうするうち、反対側の入り口からも、同じく「わっしょいわっしょい」と聞こえてきて、やはりみこしを担《かつ》いだ男たちが、公園に入ってくる。

気づいたときには、四方八方から「わっしょいわっしょい」と、まるでけんかみこしのような雰囲気《ふんいき》で、葉子にせまってきていた。

しかも耳をふさぎたくなるようなテンションで、確認《かくにん》できるだけでも八基ほどのみこしが、あきらかに自分にむかってくるのだ。

「祭りじゃない！　なんなのこれ!?」

思わずそういいながらも、葉子はパンダから立ちあがることができず、じっと固まったままでいた。

金色に光るみこしたちが、どんどん葉子にせまってくる。

（な、なんで、みんなこっちにむかってくるの？　どうしよう……）

そう考えたときにはすでにおそく、葉子は八基のみこしに囲まれていた。

このとき初めて、葉子は恐怖《きょうふ》を感じて、身の危険《きけん》を察知したという。

「うわああああああっ！」

そうさけんで、顔を手でおおってうずくまった。

すると、あれほどさわがしかった、みこしのかけ声がぴたりと止《や》み、シーンと水を打ったようにあたりは静まりかえった。

おそるおそる、葉子は顔を上げた……。

物理的に絶対不可能な距離《きょり》で、八基のみこしが自分を取りかこんでいる。

上をむくと、みこしの上に立っている八人の男が、整列するようにそろってまえかがみにな
り、葉子を見おろしている。

しかも男たちは、すべて同じ造りの顔をしているのだ。

それを見た瞬間《しゅんかん》、葉子は急に意識が遠のき、次に目覚めたときには、心配そうに自分をのぞ
きこむ、両親と近所の人が目のまえにいた。

「いくら待っても帰ってこないから、ご近所さんにもお願いして、みんなで捜《さが》してたのよ。

まったく、こんなとこで寝《ね》て！」

無事に家にもどると、ひどく両親にしかられた。

「そのあとは特になにも起こらず、しばらくその町で生活してたんだけど……あれがなんだっ
たのかは、いまになってもわからないな……」

遠い目をして、葉子は不思議そうに語った。

ランプの怪《かい》

数年まえ、わたしはある店で見つけた電気スタンドにひとめぼれした。

170センチはあろうかという、かなり大ぶりな電気スタンドで、ある町に行った折、たまたま通りかかったリサイクルショップで出あったものだ。

かさの部分が、やたらとレトロっぽいじゃばら折りになっていて、見るからに昭和を思わせる雰囲気《ふんいき》。

しかもそのかさの色が真っ赤！

実にいい雰囲気《ふんいき》だ。

わたしは、特別そういう趣向《しゅこう》に長《た》けているわけではないのだが、なんだかそのスタンドには心ひかれるものがあった。

値札《ねふだ》には￥５０００とある。

（ちょっと、高いなぁ……）

そんなことを思いながらながめていると、店の中から店主らしき人物が出てきた。

「気に入られましたか……ならば金額はいい値《ね》で結構です」

「なんですって？」

「いや、ですからね、それをお持ちになるんでしたら、値段《ねだん》はそちらでおつけ下さっていいですよと……」

「じゃあ５００円」

わたしは、じょうだん半分にいってみた。

「いいでしょう」

「まじっすかっ！」

結局、わたしは５００円でそれを購入《こうにゅう》。さすがに新幹線で持ち帰ることははばかられたので、宅配便《たくはいびん》で送ってもらうことにした。

数日後、家にスタンドが届《とど》いた。

ところがだ。

梱包《こんぽう》を開いていくと、そのスタンドに、ある種の〝気〟がまとっていることに気づいた。

（ありゃりゃ。あのときはこいつ、なりをひそめてやがったな……）

特別いやな感じではなかったし、気に入ったものでもあり、とりあえずそのまま家に置くことにした。

しかしそいつは、さっそくその晩《ばん》から行動を開始した。

夜中におかしな気配を感じて目を覚ますと、例のスタンドの下に、女がすわっている。

わたしに背中《せなか》をむけているが、右手を顔のあたりにそえていて、線の細い、まことに美しい光景だ。

なにをいうでも、なにをするでもなく、ただただじっとそこにすわっている。

次の日もまた次の日も、同じ時間にその女性は現れた。

わたしは金縛《かなしば》りにあっているわけでもなく、立ちあがってそばへ行こうと思えば、行けなくはない。しかし、その妖艶《ようえん》さが、どうにもあからさますぎて、近づく気は起きなかった。

しかしこのまま放置して、毎晩《まいばん》この女に会うのは、精神衛生上、断じてよくはない。それでわたしは、ついに決心した。

（今夜彼女《かのじょ》が現れたら、思いきって声をかけてみよう。そしてできることなら、そこにある因《いん》縁《ねん》因果を、なんとか、ときはなってやろう）

わたしの思いが通じたらしく、その晩《ばん》、彼女《かのじょ》はこちらをむいてすわっていた。

（こ……怖《こわ》い。やはりこのシチュエーションは怖《こわ》すぎる！）

点《つ》けた覚えのない常夜灯に、ぼんやりとうかんだ女の姿《すがた》は、いつもと大きくちがっていた。髪《かみ》は変にさかだち、両手をまえに出しながら、すべての指をわしわしと激《はげ》しく動かしているのだ。

「なっ！　なんだおまえ！　いったい、な……」

……という、自分の声で目が覚めた。

〝夢落ち〟だった。

みょうな汗《あせ》を大量にかき、ベッドの上に身を起こす。

スタンドのかさが、ゆらゆらと動いていた。

かさの下あたりから、なにか黒い物がたれ下がっているのが見える。

「な、なんだ……あれ？」

生つばを飲んで、わたしは目をこらした。

黒い物は、髪《かみ》の毛に他ならなかった。

スタンドのかさは、人の頭くらい、すっぽりと入ってしまいそうな大きさをしている。そこからゆっくりと、さかさまになった女の顔が現れた。しかも右半分が、ぶっくりとはれあがっている。

「うわわっ!!」

思わず、そうわたしが大声を上げたとたん、「シュッ！」という音をさせ、勢いよく、元のかさの内側へと引っこんでしまった。

次の日、タイミングよく、同郷《どうきょう》の友人、金町が遊びにやってきた。

わたしは金町にスタンドの話をした。

「その女つきのスタンド、おれにくれ！」

「そういう形容はよくないぞ」

「よくないもなにも、事実だべや！」

「おれがいってるのは、そういうノリで、これを持っていくとだな……」

「だっておれ、ひとりもんだし」

わけのわからない理由をこじつけ、結局金町はその〝女つきスタンド〟を持ってかえった。

その後どうなったのかはわからないが、それ以降《いこう》、金町と連絡《れんらく》が取れなくなっているのは事実だ。

おしいれ

わたしの祖母は〝見える〟系《けい》の人で、自分から進んで話すことはなかったが、わたしが聞けば、さまざまな体験談を聞かせてくれる人だった。

小学校四年生のころのこと。

その日は学校が休みで、わたしは朝から祖母の手つだいをして、なんとかおこづかいをかせごうと必死だった。

はたきを持ち、そこかしこをパタパタとやって回る。仏間へと続くふすまもパタパタやっているときだった。

「そんな音を聞くと、ひとつ思いだすことがあるねぇ」

やにわに祖母が、こんなことをいいだした。

わたしはそうじの手を止め、祖母の話に聞きいった。

祖母がまだ若《わか》いころ、親しくしていた友人が急病にたおれ、その日のうちに亡《な》くなった。

周囲はなげき悲しみ、通夜《つや》にはたくさんの友人知人が参列してくれた。

その晩《ばん》は祖母をふくめた数人が寺に泊《と》まりこみ、線香《せんこう》やお灯明の番をすることになった。

遺族《いぞく》と友人とで、代わる代わる火の番をする。番をする人以外は、本堂とふすまでへだてられた座敷《ざしき》で仮眠《かみん》を取っていた。

祖母の番が終わり、座敷《ざしき》で床《とこ》について間もなく、閉《し》まっている本堂とは反対側のふすまがカタカタと鳴りだした。

（確かこのむこうには、だれもいないはず……）

そう思ったとたん、祖母は急におそろしくなり、ふとんを頭からかぶると、無理にでも目をつぶって眠《ねむ》ろうとした。

ところが、今度はそのふとんを、そうっとはぎとろうとする者がいる。

祖母は思わず顔を出して確認《かくにん》してみるが、そこにはだれもいなかった。

(いまのはなんだったんだろう?　それにさっきのふすまの音は?)

祖母がそう考えたとたん、今度は先ほどと同じふすまのむこうから、シクシクとすすり泣く声が聞こえだした。

さすがの祖母もたまらず、となりに寝《ね》ていた友人をゆりおこした。

すると、友人も同じ音が聞こえていたという。

それからふたりで手をにぎりあって、ふとんの上にすわり、しばらくようすをうかがうことにした。

ササーッ……ササササーッ

また同じふすまのむこうから聞こえてきたが、今度はさっきとはちがう音がする。

まるでふすまに髪《かみ》の毛をなすりつけて、ふすまと髪《かみ》がすりあわされるような、そんな音だった。

怖《こわ》くなったふたりはふとんを飛びだし、友人の遺体《いたい》が置かれている本堂へにげこんだ。

亡《な》くなった友人は当時でもめずらしいくらい、とても長い髪《かみ》をしていて、その髪《かみ》が自慢《じまん》の美しい女の子だったという。

その祖母の話に出てくる「ササーッ」という部分で、祖母の両手を使った仕草がみょうに気味悪く、わたしは思わずぞぞっとふるえあがった。

その晩《ばん》、風呂《ふろ》から上がったわたしは、祖母が、毎晩寝室《しんしつ》にしているおくの間に、ふとんをしきに行っていることに気づいた。

昼間、怖《こわ》い話を聞かせてくれたお返しにと、部屋にもどった祖母をおどろかそうとして、わたしはおしいれの中に身をひそめた。

祖母がおしいれに近づいてくるのを見はからって、いきなりふすまを開けて「わっ!!」とおどろかす、実に単純《たんじゅん》ないたずらだ。

あの気丈《きじょう》な祖母がおどろく姿《すがた》を想像し、わたしはおしいれの中でにやにやしていた。しかし、なかなか祖母が近づいてこない。

(いつもここを開けるのにな……)

そんなことを思った瞬間《しゅんかん》だった。

ササーッ……ササーッ

ササーッ……サササーッ

わたしがかくれているおしいれのふすまが鳴った。

わたしは一瞬《いっしゅん》びくっとしたが、すぐにそれが祖母の仕業《しわざ》だと考えた。

わたしがここにかくれていることを知っている祖母が、〝髪《かみ》の毛の音〟を実演しているのだと思ったのだ。

ところが、遠くはなれた茶の間の方から、祖父と祖母が話している声がしてきた。

「えっ……えっ!?」

いまこの瞬間《しゅんかん》も、ふすまから〝髪《かみ》の毛の音〟が聞こえている。

「ぎゃあああああっ!!　ばあちゃーんっ!!」

わたしの声におどろいて、すぐに祖母が飛んできたが、わたしがおしいれの中でしっかりおもらししていたことは、ここだけの秘密《ひみつ》だ。

壁《かべ》ドン

などとタイトルをつけてはいるが、いわゆる〝壁《かべ》ドン〟とはちょっとちがう。

数年まえに敢行《かんこう》した、ファンの人たちとの〝怪談《かいだん》修学旅行〟でのことだ。

わたしは準備のため、ファンの人たちが到着《とうちゃく》する前日の夕方、スタッフたちとある駅に集合した。

このときの宿は、その駅の近くにあるRというきれいなホテルだった。

チェックインして部屋に入ると、殺風景《さっぷうけい》なビジネスホテルとはちがう設《しつら》えが、目に飛びこんできた。

「なかなかいいねぇ、ここ」

そうひとりごちて、荷物の整理に取りかかる。

スタッフとの会食までまだ時間があったため、わたしは軽くシャワーを浴びて旅のほこりを流した。

食事をしたあと、みんなとカラオケでもりあがり、ホテルの部屋へともどったときには、すでに夜中の12時を回っていた。

タバコを一本吸《す》い、ふたたびシャワーを浴びようと、服をぬいで浴室のドアを開けると同時だった。

……トントン

「はーい」

確実に入り口のドアから聞こえたのを確認《かくにん》して、わたしは返事をした。

時間的にいっても、こんなタイミングで部屋を訪ねてくるのは、スタッフ以外には考えられない。

「ちょっとシャワー入っちゃうから、上がったら連絡《れんらく》するね。だれだろ？」

わたしは中から声をかけた。

ところが返事がない。

ちょっと薄気味悪《うすきみわる》くなったわたしは気になり、そこにあったバスローブを引っかけて、そうっとドアを開けてみた。

しかし、そこにはまっすぐにのびるろうかがあるだけ。

人影《ひとかげ》はない。

（うーん、聞きちがいだったか……）

そう自らを納得《なっとく》させ、シャワーを使いに、わたしはふたたびバスルームへともどった。

体を流しおわり、ヒゲをそろうと、備えつけのシェーバーを探《さが》す。

シャワーカーテンを少し開けてみると、いちばんはしのトレーの上にそれがおいてある。わたしは、それを取ろうと必死に手をのばした。

（なんとか……もうちょっと……あ！）

もう少しで手が届《とど》くというところで、まるでテグスでもついているかのように、シェーバーがひょいと飛びあがって、床《ゆか》に落ちてしまった。

「なんだよ、まったくもう！」

自分の指がふれて落ちたのではない。

それは確実に、指がふれるまえに落ちていたのだ。

でも〝怖《こわ》いので深く追求しないこと〟という、身を守るためのコマンドを自らの中に発動させ、その場はクリアした。

部屋にもどり、テレビでもと思ったが、明日は早いし、ファンの人たちもやってくる。目ざましをかけて、わたしは部屋の明かりを落とした。

(子どもはちゃんと寝《ね》たかな)

(犬のケージ、しっかり閉《し》めただろうな)

(そのまえにちゃんと散歩連れてったかな)

(足をふいてから部屋に入れただろうな)

（うんちはまた、バッグの中に入れっぱなしじゃないだろうな）
（このあいだ思わず、それつかんじゃって、えらい目にあったからな）
（そろそろリードも新しいのに換《か》えないと……）
目をつぶってみても、次から次へ、いろんなことが頭にうかんでくる。
「だあああああああっ!!　寝《ね》られん！　まったく！　なんだこれっ!!」
と、起きあがったときだった。

ドドンッ　ドシッ……ズザザザー

右側の壁《かべ》から、なにかを動かす音と同時に擦過《さっか》音が聞こえてきた。
ドドンはよくわからないが、あとに続くズザザザーは、たとえると、大きくて厚手の紙ぶくろをくしゃくしゃに丸めて、壁《かべ》に付着したなにかをゴシゴシとなんどもこすっている……そんな感じ。

これが10分おきくらいにやってくるのだが、そこそこのボリュームなのでりっぱな騒音《そうおん》といえた。

もう時間も時間だし、いつまでも続くようなら、フロントへ電話して注意してもらおうと思いはじめた。

ところが、わたしの考えが、まるで伝わったかのように、それ以後、〝紙ぶくろゴシゴシ〟は退散したらしかった。


朝になり、待ちあわせ時間まえにスタッフが、部屋にお茶を持ってきてくれた。

「昨夜はよう眠《ねむ》られました？」

「いやあ、そっちの部屋がうるさくてね。なんだかよく寝《ね》られなかった」

「どこですって？」

「いや、だからそっちのね……」

「中村さん……指さしたはる方は、空中でっせ」

「えっ？」

わたしはようやく気づいた。
わたしが泊《と》まった部屋は、いちばん右はしだったのだ。

林道

そのころのわたしは、４ＷＤのオフロード車にこっていて、よく友人とつるんでは、近隣《きんりん》の山や川、海辺の砂丘《さきゅう》地帯などへ走りに出かけていた。

その日、わたしは仕事を終えると、近くに住む富山《とみやま》をさそって、1時間ほどの場所にある湖へむかった。

家を出たのが夜の10時を回ったころで、通る車もほとんどない、さびしいドライブだ。

峠道《とうげみち》をしばらく行ったところで、助手席にすわっていた富山《とみやま》が、不意にこんなことを聞いてきた。

「なぁ中村。左手の方に、ちょくちょくわき道というか、せまい林道が出てくるだろ？　あれってどこへ続いてるのかな？」

わたしも気になっていて、以前、一度試《ため》しに、一本の林道に入って行ったことがあった。

「あれはな、ずっと先へ続いていて、深い渓谷《けいこく》をぬけてE市に出るんだよ。この先にも一本あるが、ちょっと入っていってみるか？　なかなかスリルを味わえるぞ」

わたしたちはそんな会話をしながら、数キロ先にある林道への入り口を目指した。

まさかその先に、あんなことが待ちうけていようとは、この時点で思うはずもなかった。


そこからしばらく走ると、左手に下がっていく林道が見えてきた。

わたしは減速して、その舗装《ほそう》されていない林道へと、ハンドルを切った。

「うっわ、砂利道《じゃり》かよ！」

富山《とみやま》がすっとんきょうな声をあげる。

「そりゃそうだろ。しばらくこれが続くからな、舌かむなよ～」

乗り心地《ごこち》を１００％無視《むし》したオフロード車の上に、でこぼことした未舗装《ほそう》の道路。

車に弱い人なら、一発で乗り物酔《よ》いしそうなコースを、わたしたちはそこそこの速度でかけぬけていく。

道はしだいに、がけに沿《そ》った形で曲がりくねりはじめた。

左手には深い渓谷《けいこく》へと落ちるがけがあり、その境には、ガードレールのようなものがない。

「うひゃーっ！　落ちたら一巻《いっかん》の終わりじゃんかよ！　すげえ道だなこりゃ！」

「だからいったろ？　スリルを味わえるって」

右側にそそりたつがけからは、ときおりパラパラと石が落ちてくる。きっと、がけくずれもひんぱんに起きる場所なのだろう。

ヘッドライトと補助灯《ほじょ》とを使い、道の先を明るく照らしながら進むが、道の湾曲《わんきょく》が激《はげ》しいため、なかなか光が先へ届《とど》かない。

そのうち、周囲に霧《きり》が立ちこめはじめた。

わたしは補助灯《ほじょ》をフォグランプに切りかえた。

車は依然《いぜん》として、がたがたとしたがけ沿《ぞ》いの道を進んでいる。

と、そのときだった。

「お、おい、まえに車がいるぞ！」

横から富山《とみやま》がさけび、前方を指さしている。

霧《きり》の中、ライトが照らすずっと先の方に、一台の車が走っていた。

つづら折りになった道のはしに、ときおりちらちらと赤いテールランプが見える。

「他にもいるんだなぁ、こんな道に来る物好きが……」

富山《とみやま》が横でつぶやくようにいった。

その車は、ずいぶんとゆっくり走っているようで、またたく間に、車間が数十メートルの距《きょ》離《り》にまで追いついてしまった。

まえの車のために、わたしはライトを下むきにし、補助《ほじょ》灯を消した。

追いついてみて、わたしはおどろいた。

３６０ccの真っ赤な軽自動車で、ヒットしたのは１９７０年代、かれこれ四十年以上まえのことだ。

「いまどきめずらしい車乗ってんなぁ。しかも赤って……」

わたしと同じく車が大好きな富山《とみやま》がいった。

「確かにこの色は、当時の純正《じゅんせい》ではないよな」

「ふたり……だな」

富山《とみやま》がまえに身を乗りだして、目をこらしている。

「なにが?」

「まえの車だよ。ほら、頭がふたつ見えるだろ?」

富山《とみやま》にいわれて気づいたが、あのせまい車の中に、確かにふたつの頭が見える。

すると突然《とつぜん》、まえの車が速度を上げだし、どんどん我々《われわれ》との距離《きょり》を広げていった。

こんな時間に、それもこんな山の中で、突然背後《とつぜんはいご》からでかい車にせまられたら、それはむこうもにげていくだろう。

あわててハンドルを切りそこね、がけの下にでも落ちられた日には、それこそとんでもないことになってしまう。

わたしは無理にはついていかず、まえの車との距離《きょり》を少しおこうとした。

見る見るうちに、まえの車が遠ざかっていく。

あっというまに、われわれの視界《しかい》から消え、まえの車が巻《ま》きあげたと思われる土けむりだけが残っていた。

いつしか周囲は、うっそうとした雑木が生《お》いしげり、ふたたび林道状態にもどっている。それまでの道にはなかった、アップダウンも現れはじめた。

車は、急激《きゅうげき》な右カーブへと差しかかろうとしていた。

ライトがカーブのむこうに見える雑木林を照らし、いままさにカーブを曲がろうとした瞬間《しゅんかん》、わたしの目にあるものが飛びこんできた。

木々の間に、一瞬《いっしゅん》だが、赤い車らしきものが見えたのだ。

しかも、車の横の窓《まど》から内部が見え、こちらをむいて目を見開いたまま動かない、男性の姿《すがた》まで見える。

見えるというよりも、映像《えいぞう》が頭にうかび上がったというべきだろうか。

とにかく、ざわざわと胸《むな》さわぎがして、思わずわたしはブレーキをふんだ。

「お、おい、どうしたんだよ、こんなところで？」

あわてて、富山《とみやま》がわたしの方をみた。

「気づかなかったか、おまえ？」

「なにをだよ？」

「いまさっき、まえを走ってた車が、林の中に止まってたろ？」

「ああ、それはおれも見たけど……。まさかおまえ、それを確認《かくにん》しにいこうっていうんじゃないよな？　なんでおまえが行かなくちゃならないんだ？」

わたしはそれには答えず、車内に置いてあった懐中《かいちゅう》電灯を持つと、車から降《お》り、林の中へと入っていった。

近づいてみると、一箇所《かしょ》、木々がくぼんでいる場所がみえる。どうやらそのおくに、赤いものはあるらしかった。

懐中《かいちゅう》電灯をおくへむけた瞬間《しゅんかん》、霧《きり》にかすむ中に、ふたつのヘッドライトに懐中《かいちゅう》電灯の明かりが反射《はんしゃ》するのが見えた。

わたしは確信した。

このおくに、さっきまえを走っていた車がいる。

もしそこが舗装《ほそう》されたふつうの道路だったら、わたしはそれ以上先へ進むことはなかったと思う。

でもここは林の中。

いまわたしの目のまえに現れたその赤い車の上には、大量のかれ葉が積もっている。

こんな山間部で、特別な塗装《とそう》をほどこした、旧型の軽自動車が2台もあるとは、とうてい考えられない。

ゴクリ……。

自分ののどが鳴るのがわかった。

少しずつ近づきながら、手に持った懐中電灯《かいちゅう》を、車体全面にはわせてみる。

もう疑《うたが》う余地はどこにもなかった。

それはまちがいなく、先ほど我々《われわれ》のまえを走っていた車。

車までもう少しというところまで来たとき、わたしはふと、あるにおいに気づき、思わず身ぶるいした。

……死臭《ししゅう》。

それは以前、なんどか嗅《か》いだことがある死の証しだ。

わたしは覚悟《かくご》を決め、手で口と鼻をおさえて車へ近づき、フロントガラスから内部を懐中電《かいちゅう》灯で照らした。

「うわっ！　やっぱり！」

明かりが照らした先……。

そこには、腐敗《ふはい》しきってぶくぶくにふくれあがった、男性ふたりの遺体《いたい》がすわっていた。

「うわ、うわ、うわぁっ!!」

わたしはさけびながら車にとってかえし、ライトというライトをすべて点灯させ、E市へむけて車を発進させた。

「ど、どうした中村！　なにがあった!?」

「さ、さっきの車だった。中で……中でふたり死んでた」

「どういうことだっ？　死んでたって……事故か？」

わたしはたったいま自分が見たものと、さきほどわれわれのまえを走っていた赤い車が、同じものであること、そしてそれがなにを意味するのかを、富山《とみやま》にしっかりと聞かせた。

運転席にいたのは三十代男性、助手席にいたのは十代の男性だったことを、わたしは後日、新聞で知った。

ふたりが親子なのか、知りあいなのかはわからない。

ただ、ふたりの乗った赤い車が、あのときわたしたちのまえを走っていたことだけは、いまでもはっきりと断言できる、まぎれもない事実だ。

サナトリウム

一昨年、信州で、一般客《いっぱんきゃく》を入れない関係者だけでやるクローズの怪談《かいだん》ライブを開催《かいさい》した。

会場は、山間に建つ一軒《けん》の大型宿泊施設《しゅくはくしせつ》。周囲を原生林に囲まれた、大変優美《ゆうび》なホテルで、その晩《ばん》は宿泊《しゅくはく》も同じホテルだった。

中央にフロントのある建物があり、そこから〝わたりろうか〟のようなものがのびて、十数棟《とう》ある宿泊棟《しゅくはくとう》につながっている。非常に特徴《とくちょう》のある建物だった。


わたしが泊《と》まったのは2号棟《とう》で、フロントのある中央棟《とう》のすぐ横に位置していた。

(これはすごいな!)

わたしに割《わ》りふられた部屋へいってみると、そこはものすごい広さだった。

部屋がいくつもあり、まるでバブル期に乱立《らんりつ》した高級リゾートマンションのよう。

照明のスイッチを入れてみる。
ところが部屋がみょうに暗い。
すべてが間接照明で、バスルームにさえ直接照明がない。
（確かに雰囲気《ふんいき》はあるし、高価な設《しつら》えではあるけど、これでは落ちつかないなあ……）
そんなことを思いながら、わたしはつかれをいやそうと、バスタブに湯を張った。
大きなバスタブで、肩《かた》までゆったりと湯につかり、いつもより時間をかけて温まる。
静かに目を閉《と》じ、つい先ほど終演したライブをふりかえってみる。
そのときだった。

カチャッ……カチャリ……

突然《とつぜん》、脱衣《だつい》所から部屋へ続くドアが開く音がした。
わたしはすぐにバスタブから出ると、湯気でくもったガラス戸を開けて確認《かくにん》した。
閉《し》めたはずのドアが……全開になっている。

「だ、だれかいるのかっ！」

当然答えが返ってくることはなく、ぽっかりと開けはなたれたドアからは、そのむこうに広がるリビングが見えるだけ。

（オートロックなんだ。だれも入ってこられるはずはない）

そう自分にいいきかせてみるが、それは逆に考えれば、オートロックなのにだれかが入ってきたことを意味して、わたしは身ぶるいした。

ふつうドアが勝手に開くには、なにか原因があるはずだ。

建物がかたむいている、風が入ってくる、ドアの蝶番《ちょうつがい》にバネが入っている……。

わたしはふたたびバスタブにつかり、頭をフル稼動《かどう》させるが、このドアにあてはまるとは思えなかった。

自然現象でなければなんなのか。人的な力が加わり、ごくあたりまえにドアが開いたということだ。

（それはないよな～）

これだけ温かい湯につかってるのに、なんだか一気に気持ちがクールダウンして、わたしは備えつけのバスローブをはおると、リビングへもどった。

使わない部屋がこれだけあるというのは、実に心もとないものだ。

開けっぱなしになっていたそれぞれの部屋のドアを閉《し》め、早朝の出発に備えて、わたしは早めに床《とこ》につくことにした。


寝室《しんしつ》に行ってみると、これまたベッドがでかい。ダブルサイズをふたつ合わせた、ほぼ正方形のキングサイズにひとりで寝《ね》る。

貧乏性《びんぼうしょう》がたたってか、どうしても真ん中で寝《ね》られない。自然と身体は左はしへ寄っていった。

(ああ、このまま寝《ね》られるなぁ)

なんとなく、そう思いかけたときだった。

カチカチッ……カチカチカチカチッ

足の方にある大きな窓《まど》ガラスを、なにかがつめの先でつっつくような音が聞こえてきた。

首をもたげて音のした方を見るが、別段《べつだん》、変わったようすはない。

気になったわたしは、起きあがって、そうっとカーテンを開いてみた。

ホテル正面に近い庭先と、レンガで設《しつら》えたゲートが見える。

そのむこうには、宿泊《しゅくはく》者用の駐車《ちゅうしゃ》スペースがあり、そこへ上がって行くためのスロープが延びている。

「ん？　なんだ……あれ」

そのスロープを、白い服を着た女性が歩いている。

目をこらしてみると、なんとそれは、うしろむきに上っていくのだ！

しかもその歩調は歩く感じではなく、まるですべるようにして、すーっと進んでいっている。

（うっわぁ、とんでもないもの見ちまった！）

わたしはあとずさりして、シャッとカーテンを閉《し》めると、横に置かれたソファにへたりこんだ。

しばらくして我《われ》に返り、わたしはふたたびベッドにもぐりこむと、無理にでも目をつぶって、眠《ねむ》りのふちへのさそいを待つことにした。

どれくらい、時間がたっただろうか。

うつらうつらと眠気《ねむけ》が差しだし、ようやく寝《ね》られると思いはじめたときだった。


べぇろり……べぇろべぇろ……


なにかが、ふとんから出ているわたしの腕《うで》をなめている！

おどろいてそれへ目をやると、見たこともない女がしゃがみこみ、わたしの左腕《ひだりうで》をべろべろとなめている姿《すがた》があった。

「ううわぁっ!!」

と声を上げた瞬間《しゅんかん》、今度はそのまま金縛《かなしば》りにおちいった。

それ以上におどろいたのは、見えている風景だった。

「な、なんで？　病院？」

わたしが寝《ね》ていたはずの大型のベッドは、いつの間にか、小さなサイズに変わっている。

すぐ横にシリンジポンプという、点滴《てんてき》を入れるための機器が見えるが、現代のものではなく、やけに古めかしい。

カーテンも薄手《うすで》の白いものに変わり、開いた窓《まど》から流れこむ風に、そよそよとゆらいでいる。

横で先ほどわたしの腕《うで》をなめていた女が立ちあがり、こちらをじっと見おろしていた。窓《まど》からの光が逆光となって、顔は見えない。

わたしは気づいた。

彼女《かのじょ》は看護師《かんごし》だ。着ている服からいって、〝看護婦《かんごふ》〟と呼《よ》ばれていた時代だろう。

彼女《かのじょ》を見て、先ほど窓《まど》から見たうしろむきに進む女も、同じ服を着ていたことに気づいた。

なんども引きもどされそうになりながらも、わたしは満身の力をこめ、やっとの思いで金縛《かなしば》りをといた。

あわててベッドを飛びだし、携帯《けいたい》電話で怪談《かいだん》ライブの主催者《しゅさいしゃ》に電話をかけた。

いま自分の身に起きたことを伝えると、彼《かれ》はひと呼吸《こきゅう》置き、次のような話をしてくれた。

「中村さん。どうやら時間を旅されたようですね。

いや実はね、そのホテルは昔、サナトリウム……あ、結核《けっかく》などの療養所《りょうようじょ》のことですけど、それがあった場所でしてね。

予防や治療《ちりょう》が発達した現在とちがって、当時の結核《けっかく》といえば難病。ここは死をむかえるだけの……いわば、あの世への待合所みたいなものだったそうです。

建物自体が、ちょっと変わった造りになってるでしょう？　だから内外装《ないがいそう》を改装《かいそう》して、そのまま使ってるんですよ、そこ」

なにもそんな場所に泊《と》めてくれなくても……。

わたしがそう思ったのは、いうまでもない。

みどりちゃん

いまから三十年近くまえ、まだわたしが札幌《さっぽろ》にいたときのことだ。

中心街から少しはなれたSという街の一角に、ジュリアンという名のバーがあった。建物の横にある鉄階段《かいだん》を上り、建てつけの悪い扉《とびら》を開くと、ひげのマスターが出むかえてくれる。その街でも名物的な店だった。

当然のことながら常連客も多く、朝までやっていることもあって、毎日そこそこのにぎわいを見せていた。

当時わたしが住んでいた場所から、歩いていける距離《きょり》にあったため、わたしもしばしば顔を出すようになり、いつしか常連客のひとりになった。

どこのバーもそうだと思うが、そこには、さまざまな人間模様《もよう》がある。

カップルで来ては、必ずけんかをして帰る客。遠方からわざわざタクシーを飛ばしてきて、仕事の自慢《じまん》話だけをしていく客。酒を飲むと笑いだし、帰るまで終始笑いころげている客……。

その中に、いつもひとりでやってきては、なにもいわず静かに飲んで帰る、わたしと同い年くらいの女性がいた。

周囲がどんなにさわがしくてもまったく動じず、ただただウイスキーの水わりを黙々《もくもく》と飲んでは帰っていく。

ある日、わたしはその女性のことを、マスターにたずねてみた。

「いま帰ったあの子、近くに住んでるのかね?」

「ああ、みどりちゃんね。あの子、少し変わっててね、あまり関《かか》わりあいにならない方がいいよ」

「どういうこと?」

「なんていうのかな、不幸を背《せ》おって生きてる……っていうか。いいすぎかな、それじゃ」

マスターのいいまわしに、なんだかみょうに興味をそそられた。

「いやぁ、いいすぎじゃないかもね」

マスターの言葉につぎつぎと客が反応して、その〝みどりちゃん〟の話題で、店はもりあがった。

「こんないい方は失礼なんだけどね、彼女《かのじょ》と話をするだけで、なんかこう、魂《たましい》を吸《す》いとられる……というかなんというか……」

「マスター、それはいくらなんでも失礼じゃない？」

わたしのとなりにすわっていた、中年の男性がいった。

「でも、中村さん、それはね、本当のことなんだ。いまから話すことは、しゃれやじょうだんじゃないからね」

彼《かれ》の名は柳田《やなぎた》といい、店の近くで鉄工所を営んでいた。柳田《やなぎた》が続けた。

「うちの工場にね、以前、庄司《しょうじ》という男がいたんだ。そいつも元々この店の常連でね、おれが庄司《しょうじ》と知りあったのも、うちへ来ないかってさそったのも、この店だったんだ。

その庄司《しょうじ》がみどりちゃんと恋仲《こいなか》になった。そのころは、だれも彼女《かのじょ》の事情なんか知らなかったから、『よかったな』なんていってたよ」

ところがそれから一週間ほどして、庄司《しょうじ》は交通事故で即死《そくし》したという。

「それには彼女《かのじょ》も落ちこんじゃってね……。かわいそうだってんで、以前、この近くにあったスナックのママが、みどりちゃんを食事にさそったんだよ」

みどりちゃんに気分転換《てんかん》させようと、そのママは十数キロはなれた山あいのレストランを予約。車でそこへむかった。

ところが……。

「その日、ママの店は通常営業日でね、みどりちゃんを家に送ったあと、自分の店でふつうに仕事をしてたんだよ。ところがさ、急に『頭が痛《いた》い！』っていいだしたかと思ったら、その場でたおれてそれっきり……」

「ふたりの人間の死に関《かか》わったということ自体、ある意味、みどりちゃんもかわいそうな人だね」

わたしがそういうと、柳田《やなぎた》はわたしの方にむきかえって、ぐっとこちらを見すえた。そしていままでにない強い語調で、こういいはなった。

「なにいってんの中村さん！　彼女《かのじょ》の両親も兄弟も、家族はみんな過去に変死してるんだよ！」

「な、なんだって!?」

柳田《やなぎた》はママの事件の直後、彼《かれ》の後輩《こうはい》がやっている興信所にたのみ、みどりちゃんの身辺を調べたという。

腕《うで》ぐみをしたまま聞いていた、マスターが話しだした。

「ここのところ、変にため息ついたり、頭かかえたりしてるんだよね。また彼女《かのじょ》、きっとなにか問題をかかえてるんじゃないかな……。

正直なところ、できればうちの店にもこないでほしいと思ってるんだけど、それを伝えるのもまた怖《こわ》くてね……」

なんどかここで見かけたみどりちゃんは、おおよそそんな風には見えない。

わたしの中にある危険《きけん》信号も、この時点ではあまり反応していなかった。

それから半月後のことだった。

わたしが友人を連れてその店に行くと、すでに常連たちが集まっていた。

店内には、なつかしいダンスナンバーが流れていて、常連たちと、それがはやっていたころの思い出話に、花を咲《さ》かせていたときだった。

ギシッ……カラカランッ

聞きなれた木のきしむ音とともに、ドアにつけてあるベルが鳴った。

ふりかえると、入り口に髪《かみ》をふりみだしたみどりちゃんが立っている。

「あ、いらっしゃい」

マスターがそう声をかけるが、無表情、無言のままで、いつものカウンター席にすわった。

マスターが、慣れた手つきで彼女《かのじょ》の水わりを作りだす。

「あ、あの、お水ください」

わたしが初めて聞く、みどりちゃんの声だった。

みどりちゃんは、出された水を一気に飲みほすと、「ふうぅぅ〜っ」と大きく息をもらし、空になったグラスをじっと見つめている。

いつもの整った服装《ふくそう》も、きれいにまとめた長い髪《かみ》もそこにはなかった。それどころか化粧《けしょう》さえしていない彼女《かのじょ》のようすに、わたしは一方ならぬものを感じた。

「……マスター」

「ん、今日はどうしちゃったの、みどりちゃん？」

「いろいろ……本当にいろいろ……ごめんね、マスター」

彼女《かのじょ》はうつろなまなざしでそういうと、すっと立ちあがってトイレに入っていった。

「おいおいおい！　彼女《かのじょ》いよいよ変じゃない？」

「もうすでに酔《よ》ってる感じだよな」

「なんだかおっかねえ雰囲気《ふんいき》満点だよ。おれ、そろそろ帰ろうかなぁ」

常連たちがささやきあう中、わたしはあることに気づいた。

「ちょっと、ちょっと！　みんな、気づいてないのか？　みどりちゃん……くつ、はいてない。裸足《はだし》だぞ裸足《はだし》！」

わたしがそういったとたんだった。

「ぎいいいいいいいいえええええああああああっ!!」

ドンドンドンドンドンドンドンッ!　ドンドンドンドンドンドンッ!


トイレの方から、この世のものとは思えないようなさけび声がひびいた。


たったいまトイレに入ったみどりちゃんが、内側からドアを激《はげ》しくたたきながら、悲鳴にも似たさけび声を発している。

しかしそれもつかの間、突然《とつぜん》、音は止《や》み、しーんと静まりかえった。

常連客は全員あっけに取られ、トイレのドアを穴《あな》のあくほど凝視《ぎょうし》している。

「ちょっと見てくるわ。なにがあったんだ?」

すぐさまマスターはカウンターから飛びでると、おくにあるトイレへむかった。

「どうした、みどりちゃん?　なんかあったの?　だいじょうぶか?」

ドアをノックしたあと、ドアを開けようとするが、鍵《かぎ》がかかっている。

マスターは外から、中にいる彼女《かのじょ》になんども話しかけるが、応答はなかった。

そのとき、外の鉄階段《かいだん》を勢いよく上ってくる足音が……。

カラランッ！

息せききって飛びこんできたのは、柳田《やなぎた》だった。

「み、みんな、みどりちゃんが……」

そこにいたみんなが柳田《やなぎた》をみつめる中、マスターだけは、まだトイレのドアにむかって話しかけていた。

「み、みどりちゃんが……みどりちゃんが自殺した！」

わたしは、できるだけ落ちついた調子で問いかけた。

「柳田《やなぎた》さん、なに？　どうしたのそんなにあわてて」

仕事を終えた柳田《やなぎた》が、シャッターを閉《し》めに外へ出ると、近くのアパートのまえに、何台もパトカーが止まっている。

みどりちゃんが暮《く》らすアパートだった。

いやな予感がした柳田《やなぎた》は、そこにいた警官《けいかん》に事情をたずねた。

みどりちゃんは、自分の部屋で自ら命を絶ったという。

柳田《やなぎた》の話を聞きおえると、マスターはトイレのドアノブに手をかけた。

大きく息を吐《は》き、力をこめてドアノブを引いた。

ドアに鍵《かぎ》はかかっておらず、トイレの中にはなにもいなかった。

パソコンの中

怪異《かいい》は、自然のなかにのみあるわけではない。

現代科学の粋《すい》を集めた、機械の世界にも存在《そんざい》しているという話。

わたしが、パーソナルコンピューター＝パソコンを操作《そうさ》するようになって、もう二十年以上になる。

最初のころは計算をしたり、ワープロ代わりにしたりと、パソコンの活躍《かつやく》の場も限られたものだった。パソコン通信というのがはやりだしたあたりから、一気に活躍《かつやく》しはじめ、そのうち、わたしは自分でさまざまなパーツを組み合わせる〝カスタムパソコン〟を使うようになった。

わたしにカスタムパソコンを指南したのは、大阪《おおさか》に住むある友人で、わたしのパソコンは数年に一度、彼《かれ》の手によってリニューアルされた。

彼《かれ》は顧客《こきゃく》の注文に応じてパソコンを作り上げていく、いわゆる〝カスタム・ビルダー〟で、この世界ではかなり名の通った人物だ。

大阪《おおさか》に出むいた折、時間に余裕《よゆう》があったため、わたしは彼《かれ》の元を訪《たず》ねることにした。

高級マンションの一室が彼《かれ》の〝ファクトリー〟で、部屋の中には、ところせましとさまざまなパーツが山づみされている。

わたしが訪《おとず》れたときは、新たなパソコンの組みたて中だったが、いったん作業を止め、パーツの山からはいでてきた彼《かれ》と、夕食に出むくことにした。


食事もすみ、ひと息ついたところで、彼《かれ》がこんな話をしてくれた。

「中村さん、怪談《かいだん》の世界って、ある意味どこにでもあるんですなぁ」

「どういう意味です？」

「いまでは、修理専門《せんもん》のスタッフを置いて対応してますが、最初のころは、全部ぼくひとりでうけおうてたんですわ」

彼《かれ》の腕《うで》まえは、日を追うごとに上がっていき、ユーザーの口コミによって、いまでは飛ぶ鳥も落とす勢いの売れっこだ。

彼《かれ》の元には、新しいパソコンの作成以外に、修理やデータ修復の仕事もまいこんできていた。

そのすべてをひとりでこなしていたころ、あるプロ用パソコンの修理を依頼《いらい》されたことがあったという。


依頼《いらい》してきたユーザーは、普段《ふだん》はそれを立体製図を作るCADとして使っているといった。

修理機が届《とど》いてみると、非常に手のかかった高級機で、外見も中身も一級品。

しかし彼《かれ》の元に届《とど》く仕事の依頼《いらい》は数多く、どんな客でも順番を待たなければならない。問題の修理機も、すぐには手がつけられず、いったん修理専用《せんよう》に設けた部屋に置いていた。

ちょうど大がかりな依頼《いらい》をうけている最中で、修理機は一週間ほど、収容《しゅうよう》部屋に置かれることとなった。

宅配業者《たくはいぎょうしゃ》が、修理機を持ってきたのは午前中。仕事に一段落《いちだんらく》つけた彼《かれ》は、昼を回ったころに、近くの食堂へ出かけた。

1時間ほどしてもどり、室内に入ってドアを閉《し》めたときだった。

ガチャッ

いま閉《し》めたはずのドアが、彼《かれ》の背後《はいご》で開いた。

バタンッ

そしてすぐに閉《し》まった。

(なんだ?　風かなにかか?)
おどろきはしたものの、彼《かれ》はあまり気にとめなかったという。
くつをぬぎながら、玄関《げんかん》ドアに鍵《かぎ》をかけ、ファクトリーの中に入る。
すると、部屋中に菊《きく》の花のにおいが充満《じゅうまん》していた。
彼《かれ》の実家は花屋をしており、花のにおいはよく知っていた。

それをきっかけに、さまざまな現象が起きだした。

だれもいない部屋の中から、人の息づかいが聞こえてきたり、トイレの水が勝手に流れ、電気が点《つ》いたり消えたり……。夜中にトイレからガラガラという音がひびき、見にいくと、トイレットペーパーがすべて引き出されていたこともある。

入れた覚えがないのに浴槽《よくそう》に湯がたまっていて、しかもそこに大量の髪《かみ》がういていたり、ろうかをだれかが歩いてくる音がしたり、最上階であるにもかかわらず、天井《てんじょう》がドンドンと鳴ったこともあった。

数えたらきりがないほど、異常《いじょう》な現象が起きたという。

あまりの気色悪さに、部屋を飛びだすこともあったが、仕事は山積しており、結局しばらくしたら、部屋へもどらなければならなかった。

修理機が来てから、一週間がたったころ、いよいよ問題の修理機にとりかかる時間ができた。

まずは現状を確認《かくにん》するため、自分のモニターにつなぎ、修理機の電源《でんげん》を入れる。

ふつうにスタート画面が出てきて、なんら問題なく作動していたが、突然《とつぜん》、モニターが真っ暗になり、やがてプツンと電源《でんげん》が落ちてしまった。

その電源《でんげん》が落ちる直前だった。

真っ暗になったモニターの中央あたりに、なにか白っぽいモヤのようなものが見える。

なんどか同じことをくりかえしてみるが、結果は同じ。

そこで彼《かれ》はまず、ウイルスが侵入《しんにゅう》していないか、専用《せんよう》のツールを使ってチェックした。が、その気配は見あたらない。

それらの作業をしながら、どうしても彼《かれ》には気になることがあった。電源《でんげん》が落ちる直前に出る、モニター中央のモヤ……。

彼《かれ》は手元にデジタルカメラを用意して、画面に現れる白いモヤを、撮《と》ってみることにした。

写したものを確認《かくにん》するため、自分のパソコンにその画像を取りこむ。

モヤの中になにかあるようだが、はっきりわからない。

彼《かれ》は画質を変えたり、さまざまな効果を加えてみたりした。

その結果……。

そこには苦悶《くもん》に満ちた男の顔が、うかびあがってきたのだ。

もちろんその結果におどろき、愕然《がくぜん》としたが、彼《かれ》はその時点では、最近、部屋で頻発《ひんぱつ》している怪異《かいい》現象と結びつけて考えてはいなかった。

モニターにうかびあがった画像は気になるが、とにかく依頼《いらい》されたパソコンの修理を進めなければならない。

彼《かれ》は修理機のハードディスクを取りはずして、他の機械に接続し、中のデータを確認《かくにん》することから始めた。

まずはハードディスクが内蔵《ないぞう》されているケースを開ける。裏側《うらがわ》に留められたビスを、ひとつひとつはずしていく。

最後のビスをぬき、彼《かれ》は静かにアルミ製のケースをはずした。

ケースの裏側《うらがわ》をみて、彼《かれ》はいすからころげおちそうになった。

なんとそこには、びっしりとお札《ふだ》がはってあったのだ。

その異様《いよう》な光景を目にして、ケースを持ったまま、彼《かれ》はしばらく動けなかった。

ようやく我《われ》に返り、ふるえる手で作業を進める。

いくつか設置されているハードディスクを取りはずし、内部の構成を確認《かくにん》する。

そこに、ひとつのかくし画像フォルダがあった。

「通常はそんなん開かへんのです、画像いうたら、プライベートなものもありますよって。せやけど、このケースはすべてのフォルダを確認《かくにん》する必要があったんです。

でもそれをして、ぼくは大いに後悔《こうかい》しました。

そこにかくされてあったのは、なんとすべて死体の写真やったんです。それも残酷《ざんこく》なものばかり……。中には爆弾《ばくだん》でふきとばされたようなものまで。数千枚《まい》はありました」

彼《かれ》は、その修理機のユーザーに話をすることにした。

異例《いれい》ではあるが、写真を見てしまったこと、故障《こしょう》の状態が、ふつうでは考えられない症例《しょうれい》であることなどを伝え、最後にそれらの写真を、フォルダごと削除《さくじょ》することを提案した。

この修理機に彼《かれ》が行った作業は、そこにあったグロテスクな大量の写真を、ただ削除《さくじょ》するだけだった。

そのとたん、問題の症状《しょうじょう》はなにごともなかったように改善《かいぜん》され、ふつうに動きだした。
彼《かれ》の部屋に起きていた怪異《かいい》現象も、ぴたっと止まったという。

玉子とじうどん

「中村さん、わたしね、あとにも先にもたった一度だけなんだけど、とても不思議な体験をしたんです」

十数年まえ、当時わたしが運営していた怪談《かいだん》のホームページに、こんな体験談が寄せられた。

大阪《おおさか》で、結婚《けっこん》コンサルティング会社を営んでいる須田《すだ》さんからだった。

須田《すだ》さんには、当時、寝《ね》たきりのお母さんがいた。

市内にある専門《せんもん》の病院に入院しているお母さんを、お姉さんと交代で通って看《み》ていて、非常に多忙《たぼう》な日々を過ごしていた。

その日は朝から打ちあわせの予定があり、須田《すだ》さんは約束の時間に間にあうように、先方へ出むいていった。

ところが到着《とうちゃく》してみると、先方はなにやらバタバタと取りこんでいる。少し待たされ、ようやく担当《たんとう》者が出てきた。

「いやあ申しわけない。せっかく来ていただいたんですが、この通りバタついてまして。大変申しわけないんですが、2時間ほどあとに、もう一度いらしていただけないでしょうか」

こちらは時間通りに来てるのに、勝手なことをいうものだと思ったが、いますぐ打ち合わせができないのではしかたがない。彼女《かのじょ》はいったん建物の外へ出た。

2時間というのは、中途半端《ちゅうとはんぱ》な時間である。

いったん会社へ帰っても、すぐにとんぼ返りするようだし、かといって近所の喫茶店《きっさてん》などで、時間をつぶすにしては長すぎる。

「はーあ……」

どうしたものかとため息をつきながら、周囲を見わたしてみる。

近くに派手《はで》な電飾看板《でんしょくかんばん》をかかげた、パチンコ屋があった。

須田《すだ》さんは、普段《ふだん》はパチンコをやらない。

ところがそのときだけは、まるでなにかにさそわれるように、自然と足がそのパチンコ屋にむいていたという。

電飾看板《でんしょくかんばん》をくぐり、耳をつんざくような音のする店内へと足をふみいれた。

入ってはみたものの、なにをどうすればいいか、まったくわからない。

見たこともない機械をまえに、須田《すだ》さんがドギマギしていると、慣れた感じのおばちゃんが手ほどきしてくれた。

ていねいに教えてくれるおばちゃんの説明で、須田《すだ》さんはなんとなくではあるが、パチンコの楽しみ方を理解しはじめた。

ビギナーズラックというのは本当にあるもので、なにを考え、なにをねらうでもない、適当な打ち方が功を奏《そう》し、彼女《かのじょ》の台には次々と玉があふれでてきた。

（へ～、これにはまっちゃう人の気持ち、なんとなくわかるなぁ）

そんなことを思いながら、須田《すだ》さんは初めてのパチンコを楽しんでいた。

あいかわらず鳴りひびく大音量のＢＧＭに、自分は吸《す》わないタバコの煙《けむり》。

頭が少しくらくらしてきたところで、なにかが足元で動いているのに気づいた。
三、四歳《さい》くらいの小さな女の子が、床《ゆか》に落ちた玉を必死に拾いあつめている。
「お嬢《じょう》ちゃん、そんなところで、なにしてんのん？」

須田《すだ》さんは思わず声をかけた。

するとその女の子は顔を上げ、満面の笑《え》みをうかべて答えた。

「あんな、この玉、拾うたらお金もらえんねん。せやから、ふーちゃんがこれ拾うてな、お母ちゃんに玉子とじうどん、食べさせたんねん」

それを聞いたとたん、須田《すだ》さんは、なんだかむしょうに、その見知らぬ女の子が愛《いと》おしくなった。

「えらいなぁ、お嬢《じょう》ちゃん、お名前はふーちゃんいうのんか。よしゃ、それならな、そんなことせんでもええ。おばちゃんがいまから、おいっしいうどん、ごちそうしたるわ」

すると女の子は、はちきれんばかりに顔をほころばせ、小おどりして喜んだ。

ところがすぐに困《こま》ったような顔をして、こういった。

「あんな……お母ちゃんもいっしょやねん。おばちゃん……お母ちゃんもいっしょにええ？」

「あったりまえや！　もちろん、ええに決まっとるがな。あんな、ここを出ると目のまえにうどん屋さんがあるやろ？　おばちゃん、そこで待ってるさかい、必ずお母ちゃんといっしょにくるんやで。約束な！」

須田《すだ》さんがそういうと、女の子はなんどもなんども大きくうなずいて、店のおくへ走っていった。

須田《すだ》さんはすぐ席を立つと、パチンコ屋を出て道をわたり、目のまえに建つ、地元では有名な老舗《しにせ》のうどん屋へと足を運んだ。

店へ入り、三人分の席を確保して、女の子とその母親が現れるのを待つ。

（あんなことを見ずしらずの子どもにいってしまったけど、ひとりよがりのおせっかいだったんちゃうかな？　もしかしたら、きいひんかもな……）

パチンコ屋の音から解放されて、静かなところで冷静に考えてみると、そんな葛藤《かっとう》が頭をもたげた。

でもほどなくして、親子はやってきた。

「すんません。本当にすんません」

店の入り口で、母親と思われる女性が、なんども須田《すだ》さんに頭を下げる。

とにかく席に着いてもらい、その日、自分が初めてパチンコをやって、大勝ちしたことを話した。

「たぶんパチンコは二度とやらへんと思うし、初パチンコで勝った記念に、ごちそうさせてほしいねん。だから気にせんといてください」

そういって、須田《すだ》さんは親子に笑顔《えがお》をむけた。

三人で玉子とじうどんを食べ、店のまえで親子と別れると、須田《すだ》さんは打ちあわせ先へとむかった。

さきほどは腹《はら》が立った仕事相手だが、今度はとんとんびょうしに話が進み、仮契約《かりけいやく》までこぎつけた。

思っていたより早く仕事を切りあげることができたため、須田《すだ》さんは、母の病院へむかうことにした。

病室に着いたとき母は眠《ねむ》っていたが、須田《すだ》さんがかたづけを始めると、目を覚まし、にこりとほほえんで見せた。

「お母ちゃん、今日な、うち、めっちゃ気分ええねん。せやから、少し部屋の中、かたづけようと思うてな」

母はうんうんとうなずき、須田《すだ》さんの動きをじっと目で追っている。

ベッドの横に置かれたたなの中に、以前自分が置いて帰った雑誌《ざっし》がおかれていた。それを捨《す》てようとたなをのぞくと、おくの方に古びた一冊《さつ》のアルバムが置いてある。

「あれぇ、お母ちゃん、これなに？　えらい古い物やけど……」

そういいながら、須田《すだ》さんは、アルバムを一ページ一ページめくっていった。

セピアに色あせた若《わか》いころの母と、いまは亡《な》き父が、こちらをむいて笑っている。

須田《すだ》さんが、まだ幼《おさな》かったころに父は他界した。ほんの少しだけ回想することのできる、父の思い出。父が亡《な》くなってから、母は女手ひとつで、須田《すだ》さん姉妹を育ててきたのだった。

何枚《なんまい》かページをめくっていくうちに、見なれぬ女の子の写真があることに気づいた。

「お母ちゃん、この子、だれなん?」

須田《すだ》さんはそういって、アルバムの開いてあるページを母に見せた。

幾重《いくえ》にも折り目が入った、古く色あせた一枚《まい》の写真。

それをじっと見ていた母の目に、みるみる涙《なみだ》があふれていく。

そして母は静かにいった。

「これはな、これはあんたらの姉さんや」

「な、なんて!! お母ちゃん、いまなんていうたの!?」

須田《すだ》さんは腰《こし》をぬかすほどおどろき、聞きかえした。

その子の名前は節子といった。

須田《すだ》さん姉妹が生まれる何年もまえに、病をわずらい、あっけなく逝《い》ってしまったという。

「なんでお母ちゃん……なんでいままでかくしてたん?」

「あのときのうちには、節子を病院に連れていくだけのお金がなかったんや。ちゃんと診《み》せていれば、ほんまは治すことのできる病気やったと思う。お金がなかったことが原因で、娘《むすめ》を死なせてしもうた。

そんなん……人にいえるか？　あんたやったらいえるか？」

アルバムを胸《むね》にだき、涙《なみだ》を流しながら母は続けた。

「あんたが生まれるまえ、うちは、ほんまに貧乏《びんぼう》でな。

お父さんはろくに仕事もせんと、その辺の手間をおおせつかっては金をもらって、すぐにばくちに使う。節子は育ちざかりやのに、うちには一粒《つぶ》の米も塩ものうてな……」

初めて聞かされる、自分が生まれるまえの家の内情。聞いているうちに、自然と須田《すだ》さんの頰《ほお》にも涙《なみだ》が伝っていた。

「そんなある日のことや。たまたま部屋の中に落ちとった銀色の玉を、節子が見つけよったんや。

それを持ってかけてきてな、『お母ちゃん、これなに？』いうんや。せやからしゃあなしに『それはパチンコ玉いうてな、ぎょうさん集めると、お金に換《か》えてくれんねん』と説明した。するとな、急にわたしの手を引いて『パチンコ行こうや！　いっぱい集めてお金に換《か》えてもらお！』いいだしてん……」

母は泣きながら続けた。

須田《すだ》さんの涙《なみだ》も、とどまるところを知らなかった。

「ある日のことや。節子があまりにせがむもんで、お父さんがよう通ってはったパチンコ屋に出むいたんや。

そこで節子は、床《ゆか》に落ちとる玉を拾いはじめた。最初は『そんなことやめなさい』いうて、止めてたんやが、なにをいうても聞くもんやない。

そのうち、わたしからは見えんあたりまで行ってもうて、どこへ行ったんやろ思うて、心配しとった。

するとな、突然《とつぜん》、喜びいさんでかけてきて『お母ちゃん！　親切なおばちゃんがな、うちらに、うどんごちそうしてくれるいうてはるわ！』いうねん」

（えっ……）

須田《すだ》さんは、はっとした。

「節子はわたしの手ぇ引いて、『おむかいのうどん屋さんで、待ったはるねん！　はようはよう！』いいながら、どんどん先へ行こうとする。

せやさかいわたしは『なにいうてんの！　そんなことがあるわけないやろ！』いうてしかるとな、顔くしゃくしゃにして泣きよるんや。

子どものいうことや、いっしょについて行って謝らなあかん……そう思うて、うどん屋さんに行ってな。

でもそこにおったんは、ほんまに親切な人で、結局、親子そろうて一杯《ぱい》ずつ、ごちそうになってしもうた。

あのときの玉子とじうどんの味は、生涯《しょうがい》、忘《わす》れることはでけへん……」

須田《すだ》さんは言葉を失った。

ほんの2時間ほどまえ、自分はパチンコ玉を集めていた女の子に声をかけ、親子に玉子とじうどんをごちそうした。

母は最後に、こうつけくわえた。

「うどん屋さんから出るとな、にこにことわたしの顔を見あげてな、『ふーちゃんがお手がらや！』そういうねん。

あのときの顔は、いまでも焼きついて……」

「お母ちゃんっ！　い、いま、なんていうたのっ!?」

「ん、いまでも焼きついて……」

「そのまえやがな！　節子は自分のことをなんて？」

「ああ、ふーちゃんかいな。いやな、まえに『節子の節の字は、ふしとも読むんやで』て教えたらな、それから自分のことをふし子ふし子……『ふーちゃん』いうようになってなぁ……」

「中村さん、わたしの話はこれで終わりです。

母はその直後に他界し、別に埋葬《まいそう》されてあった節子の遺骨《いこつ》とともに、いまはいっしょに眠《ねむ》っています。

わたしはいま、人の幸せを組みあわせる仕事をしていますが、これもめぐりあわせの連続で、いまは節子姉さんが力を貸してくれているのだと信じています。

最後になりますが、わたしがこの話をするとよく『うどんをごちそうした親子の顔は、覚えてなかったの？』と聞かれます。

そこも大変不思議な部分なのですが、どんなに思いだそうとしても、あのときの親子の顔が出てこないんです。

不思議なことって、本当にあるものですね。わたし自身、この経験は一生、忘《わす》れることはありません」

須田《すだ》さんからの投稿《とうこう》は、そうしめくくってあった。

最後に

本シリーズ続刊が伝えられたとき、わたしの中に光明が降《ふ》りそそいだ。

わたしが若《わか》い読者に最も伝えたいと願う『命について』ということが、広く受け入れられた証《あか》しだと思ったからだ。


よくドラマや映画《えいが》の中で、こんなシーンを目にすることがある。

ささいなことが原因で勃発《ぼっぱつ》した親子げんか。どうにも収拾《しゅうしゅう》のめどが立たず、ついに子どもがこんなことを口走る。

「頼《たの》みもしないのに、あんたが勝手におれを産んだんだろ！」

「なんてことというの！」「うるせえっ！」となり、息子《むすこ》は家を飛びだしてしまう。

そういうわたしも、中学生くらいのころに、母にそんな言葉を投げかけてしまった経験がある。

しかし大人になり、ひょんなことから出会ったひとりの僧侶《そうりょ》に、こんなことをいわれた。

「中村さん。人というのはね、ちゃんと親を選んで生まれてくるんだよ。たまたま偶然《ぐうぜん》に、その親から生まれるんじゃない。自分でちゃんと親を選んで、それを自覚してこの世で人となるんだ」

もちろん科学的な証明も、裏付《うらづ》けもないだろう。でもそれを聞いたわたしの胸《むね》に、巨大《きょだい》な衝撃《しょうげき》と後悔《こうかい》の念がおしよせ、いてもたってもいられぬ気分になったのを、いまでもはっきりと覚えている。

それからわたしはひとりの男の子と知りあった。

小学一年のその子は、はっきりとした口調で「ぼくには死んだ人が見える」といった。アニメかなにかに感化された上でのことかもと思い、よくよく彼《かれ》の話を聞いてみる。どういう風に見えるのかなどをつきつめていくと、わたしが感じる図式とよく似ている。その子もまた〝見える人〟なのだと実感した。

わたしはその子にこんな質問をしてみた。

「お母さんのおなかの中にいたときのこと、もしかして覚えてる？」

するとその子は強くうなずいて、こんな話を聞かせてくれた。

「あのね。ぼくは生まれるまえ、小さな光の粒《つぶ》でね、たくさんの友だちたちと宇宙《うちゅう》にいたの」

生まれるまえの記憶《きおく》を〝胎内記憶《たいないきおく》〟というが、彼《かれ》の表現は、胎内記憶《たいないきおく》の研究者が同様の発表をしている。わたしもその論文《ろんぶん》を読んだことがあった。

続けて彼《かれ》のいった言葉に、わたしは思わず涙《なみだ》がこぼれそうになった。

「宇宙《うちゅう》をふわふわただよっていたら、とっても楽しそうな笑い声が聞こえたの。あそこに行ったら、きっと楽しいだろうな、幸せだろうなって思ったの。そう思いながら、そっちに向かって飛んでいったら、いつの間にかお母さんのおなかの中に入ってたんだよ」

むろん彼《かれ》のいうことにも確証はない。

でもわたしはそれを信じてやまないし、それがどの子にとっても事実であると心から願っている。

わたしは数年前から、怪談《かいだん》をツールとした道徳の授業、〝道徳怪談《かいだん》〟を展開《てんかい》している。

〝道徳怪談《かいだん》〟の授業を受ける方には、かならず守ってもらうある約束事がある。

〝親子で参加すること〟そして〝親子でとなり同士にすわること〟だ。

これが実に大事なのだ。

怪談《かいだん》は、だれかがどこかで亡《な》くなった上でできるもの。人の死を無視《むし》しては成り立たない。

だからこそ、怪談《かいだん》には人と人との縁《えん》やつながりがあり、そこに生と死、命の儚《はかな》さ、尊厳《そんげん》、大切さが生まれる。

その人と人との〝いちばんのつながり〟、基本が親子ではないかと思う。

その絆《きずな》を再確認《かくにん》してもらい、さらに強いものにする。わずかながらでもそこに力添《ちからぞ》えできるならと願いつつ、今日も怪談《かいだん》をおくりつづける。

中村まさみ

北海道岩見沢市生まれ。生まれてすぐに東京、沖縄へと移住後、母の体調不良により小学生の時に再び故郷・北海道に戻る。18歳の頃から数年間、ディスコでの職業ＤＪを務め、その後20年近く車の専門誌でライターを務める。
自ら体験した実話怪談を語るという分野の先駆的存在として、現在、怪談師・ファンキー中村の名前で活躍中。怪談ネットラジオ「不安奇異夜話」は異例のリスナー数を誇っていた。全国各地で怪談を語る「不安奇異夜話」、怪談を通じて命の尊厳を伝える「道徳怪談」を鋭意開催中。

著書に『不明門の間』（竹書房）、オーディオブックＣＤ「ひとり怪談」「幽霊譚」、監修作品に『背筋が凍った怖すぎる心霊体験』（双葉社）、映画原作に「呪いのドライブ　しあわせになれない悲しい花」（いずれもファンキー中村名義）などがある。

●校正　株式会社鷗来堂・くすのき舎
●装画　菊池杏子
●装丁　株式会社グラフィオ

怪談 5分間の恐怖　立入禁止

発行	初版／2017年12月　第5刷／2020年4月
著	中村まさみ
発行所	株式会社金の星社 〒111-0056　東京都台東区小島1-4-3 TEL　03-3861-1861（代表）　FAX　03-3861-1507 振替　00100-0-64678　ホームページ　http://www.kinnohoshi.co.jp
組版	株式会社鷗来堂
印刷・製本	図書印刷株式会社
	254ページ　19.4cm　NDC913　ISBN978-4-323-08117-5
	乱丁落丁本は、ご面倒ですが小社販売部宛にご送付ください。 送料小社負担でお取り替えいたします。
	© Masami Nakamura 2017 Published by KIN-NO-HOSHI SHA, Tokyo Japan

怪談5分間の恐怖

怪談師　中村まさみ

『また、いる……』

坂本んち／はなれない／安いアパート／幽霊が
出るんです……／かくれんぼ／ファミレス／機
械音／あぶらすまし／トイレを囲む者／写真の
女性／たみさん／風呂にいるもの／タクシー／は
じめての金しばり／ハウススタジオ／ありがとう
の手話／ミキサー室の霊／空からの声　他

［全30話］

『集合写真』

ガソリンスタンド／喫茶店の霊／ドラム缶／自
転車と東京大空襲／サザエのふた／故人タク
シー／うしろの正面／厳重事故物件／呼ぶ者
いく者／白い家の思い出／湿疹／前世の縁／
工場裏の廃車／恩賜の軍刀／座敷童との夜／
呼ぶ少女／人形のすむ家／沖縄の思い出　他

［全35話］

『人形の家』

たたみ／午後四時に見ると死ぬ鏡／出るアパー
ト／キハ22の怪／フクロウの森／拾ったソファー
上から見てる／わたしが心霊スポットへ行かな
い理由／子ども用プール／呪いのターコイズ／
乗ってる……／池袋の少年／必ず転ぶトイレ／
頭骨の授業／となりの住人／生きろ　他

［全33話］

『病院裏の葬り塚』

通用口／こわれる女／土人形／深夜の訪問者
樹海で拾ったもの／南方戦没者たちとの夜／
人形に宿る思い／入ってくる……／廃線の鉄橋
血吸いのふみ切り／箱／非情怪談／片方だけ
霊たちの宴／百合の塚／開かずの間／文化住
宅／風の通るホテル／あの世とこの世　他

［全35話］

『見てはいけない本』

校内放送／戦友／猫喰い／名刺／もらった家
幽霊マンション／お化けトンネル／こっくりさん
笑う男／あっ！／カチ、カチ、カチ／化粧鏡／細
い手／初めての話／はなれ／見てはいけない
本／古着屋／こわい話／民宿／原状回復工事
花束／赤ちゃん人形／死後の世界　他

［全35話］

http://www.kinnohoshi.co.jp